自序：尚未完成的故乡

1

大概有三四年的时间，一有空我就往老家的乡下跑。其实我的老家并不在乡下，是在一座小而古旧的城里，但我往它的周边，那相对宽广的田野和村庄游荡过去，住在通过朋友的朋友或者朋友的亲戚曲折介绍认识的村民家里，每次住上十天半月。就这样，三四年里住过了八九个村子，多数村子都被我住过多次。一开始，村民认为我是来玩玩，后来知道我是记者或者写书的，再后来又把我看成来走亲戚。

我确实因此写了“吾乡乡村系列”（那是跟这本书不同的一个系列，尚未完成）。但在我心里，除了写作之外还有一个更重要的原因。我在小城长大，回乡回的本应该是小城里那栋老屋。然而，乡下以它更为沉滞的节奏吸引了我，时间在这里迟缓了多年。我曾经在儿时听过的谚语，看过的物件，感受过的习俗、作息、节庆，甚至食物的做法，都在乡下被保存得更好。

尤其是春天，这大概是一个村庄里最为充实和幸福的季节。我遇到的每一个人都很忙，每天我都能看到不同的农事活动。比如这个早晨，木工把一根长竹子绑在满是泥点的单车后座，他要把它拿回家去“破”成竹篾；秃顶的阿伯踩着一块木板在建设池塘边的某种设施，他一边努力保持平衡，一边介绍说养的是牛蛙苗；某个阿嫂蹲在水池边，用粗棍子捶打她家的衣服，那个水池上面还漂着菜叶子；有人在掘地三尺，地里布种，用一张木梯打横平整土地；有人种了水田还种果树，杨桃都套上了塑料袋为防果蝇。

每个人手里干的活我都可以蹲着看上很久。我喜欢看这些与我说着同一种方言的人，有熟悉的容貌和口音，却做着我所陌生的手艺。这是一片我最方便伸手去触摸的土地，被这群人处理得井井有条，成果是如此具体。然后他们从地里回到家里，忙完了农活忙家务活，又把一个家里的吃穿用度处理得井井有条。

吾乡乡下的农户多数经济尚可、人丁兴旺，左邻右舍都是亲戚，三四代人同桌吃饭，忙碌而热闹、辛苦而喜悦地，过着农历上每个小节日。

我只有久远以前的童年，才经过类似这样的生活。这样的情形，最像一个让我依恋的老家。

2

午睡如果睡得太沉，醒来的瞬间，我会以为自己醒在我家老屋子，以为自己睡在以前一直睡的那张床上。

迷糊中甚至听到巷子里仿佛传来了叫卖声。吾乡常有收破烂的穿街走巷，收购旧电器、旧铁旧铜，烧成灰的冥币纸钱也收购。叫卖声也是从小到大听惯了的。

过了好一会儿，我才彻底清醒过来，知道我是在广州家里，某一普通小区、拥挤的楼群、仄窄的小家庭。同时也知道我是在我的四十岁，准中年，我刚才午睡梦里身处的那个时光，其实正是我的孩子如今的年纪。

我心里充满思念，却难以言表。因为我童年少年时生活过的那个屋子，它正在消失，正在迅速地倾颓。一栋屋子的生命，是与其中的人在一起的，尤其是在其中操劳忙碌的女主人。祖母、母亲，相继去世，她们带走了那栋老屋子的大部分。

即使现在我们仍会不时回去，加上父亲也有不少时间住在那里，但我们都心照不宣地感到冷清和苍凉。那是一栋很老的屋子，从爷爷的父亲就住在这里了。但爷爷只生了父亲一个儿子，这房子因此显得格外空旷。爷爷的兄弟们，本来都住在同一个院子里，但这些年，老一辈相继去世，年轻人相继搬走。

有时回到老家，看到邻居的院子如今长满荒草，雨水从屋檐滴下来，我总想起读过的最悲伤的诗句：

> 遥看是君家，松柏冢累累。兔从狗窦入，雉从梁上飞。中庭生旅谷，井上生旅葵。舂谷持作饭，采葵持作羹。羹饭一时熟，不知贻阿谁。

3

我很感谢有这本书可以写。幸好我给自己找到这样的方式：

可以师出有名地去乡下，这是三四年来收获最大的一件事。吾乡乡下的日常劳作、社会秩序、风土仪俗被我逐步熟悉，仿佛掌握了一门手艺。甚至在其中某个村子，我种下了属于自己的三棵黄皮树。我对故乡的了解不再只是经验上或者情感上，还带了睽违多年重逢的复杂旁观，还带了人类学的考量色彩。

可以顺理成章地向家里长辈亲戚打听陈年旧事，拼凑出他们的过往，以及一个地方的过往。我重新认识了他们，从童年起就熟悉的人。偶尔，还在他们的叙述中，听到关于我自己的碎片。我经历过、思念着的生活没有办法完整地回来，只能通过这个方式，东一榔头、西一棒子，能抓到多少，就算多少。

事实上，我曾经想抛弃那个旧的自己，想离自己的过去远一点，仿佛远离一个事故发生现场。老家隐喻着我的缺陷，一个人回到什么样的老家，其实就是回到什么样的缺陷里去。

但我只能有这样一个自己。我生活过的每一分钟，都是我仅有的一个时刻。我仅有一个老家，仅有一个童年和少年，是到达今天的必经之路。如果在其中的那些分叉，我选择了相反的方向，那也许就变成了另外一本书。我来到今天，知道自己仅有的是一点什么，把这些都看到了，留下来，往下的生活，似乎好过了一些。

幸好有这一场写作，我不再从故乡被拔离，不再是那个身不由己的中年人，失去应许之地，思念无托。

最后要特别提到，这本书的插画是我在家乡认识的一位大哥林宝生的作品。他不是专业画家，他的正式职业是一名货车司机，业余才画画。我们有共同的生活经历：在小小的潮州古城里度过上世纪八十年代的童年。所以我文章由他来配图是非常合适的，他能画出这座城独有的细节。

目录

在江边

大地上

南门外

我们去打酱油的那条路

1

打酱油，曾是我们的常规工作。

上世纪八十年代的每个孩子都干过。家里做菜要用到酱油，下面条要用到芝麻酱，早餐要用到下粥菜——都要派遣孩子到杂咸铺走一趟。

打酱油有两种规格。一是用瓶，一是用碟。用碟的几分钱就够了，用瓶的可能要两毛钱。两毛钱里，一毛八分钱用于打酱油，剩下两分钱买颗糖，神不知鬼不觉地吃掉。这属于儿童打酱油业的潜规则。

杂咸铺的前台，用几个脸盆装着橄榄、乌榄、腐乳、南姜……各种小菜，后面几个瓮，装着鱼露、酱油、醋……各种蘸料。酱油就在后面某个瓮中，上面盖有木板。量酱油的器具是竹做的筒状物，大小不同的竹筒对应不同的价格容量。

打芝麻酱又不同。装芝麻酱的不是瓮，而是玻璃缸。上面盖着的也不是木板，而是大玻璃片。通体透明的玻璃设施，是对芝麻酱本身的信心。其姿色和形态确实值得展露，膏油柔腻的样子总能让人通感。

所以打芝麻酱的小孩，碟子里买了五分钱的芝麻酱，回到家里，一般只剩下三分。有两分在路上舔进了肚子。这是打芝麻酱行业的潜规则。

这些都是我和小夏，在这个人到中年的秋天里，共同回忆起来的。但小夏记得比我更多，她早慧，五官开放程度更充分，听到看到感到的比普通的小孩多。

我们分头居于那条街的南北两端。南北两端各有一个杂咸铺。小夏打交道的杂咸铺，店主是一个热情而瘦的女人，大家都喊她“三姨”。早慧的小夏还能记得她招呼时慈眉善眼的微笑和声音：“妹啊，来啊。”而我打交道的那个杂咸铺，店主却是一个脸色阴沉、面目模糊的老头，记忆中他从来没开口说话，听家里长辈叫他“铜锣伯”。但以我们几分钱酱油的交情，也没有到需要开口互相称呼的程度。

2

我们去打酱油的路上，经过的店子也各自不同。小夏要经过一个打面店。打面店，是把一小盆面粉拿到店子里，师傅负责把它们变成宽的窄的面条、方的圆的饺子皮。轰轰作响的机器我们都难以描述，但是一说起，彼此都拍着桌子说“对，对，就是那样”。小夏记得的比我多的是一个滑稽的细节：热天里，去打面的小孩被要求帮汗流浃背的师傅摇扇子。

我们都会经过各自的“干果铺”，其实就是卖零食的小摊子。整个小城的孩子都有同一个胃口，他们都爱同样一些零食：芋头酥，虾酥，风吹饼，桔子汽水，“老鼠屎”，猪油糖，桔子水。桔子水是汽水的前生（要用搪瓷杯去装），加香精加色素，它作为一个伪造者、一个赝品，远比真正的桔子更俘获人心。

猪油糖是我和表妹的最爱，外婆给我们一毛钱能买十颗，我和表妹一人五颗，但如果卖糖的心情好给了我们十一颗，这下完了，我们陷入“第十一颗怎么分配”的哲学问题，长久无法安宁。

林记杂货

不兴烤地瓜。地瓜是蒸煮的。在路边的小摊子上，小煤球炉子上支了一口大铁锅，蒸煮的除了地瓜还有芋头。吾乡有种地瓜的瓤是白色的，与传统红薯那绵糯不同，这种地瓜吃起来干燥、膨松、松散、沙质，越沙越好。吾乡形容这种地瓜“沙”的程度——要躲在蚊帐里面吃，要不风一吹就到处飞。

白地瓜在夏天里蘸着蜜吃，最为相宜。而蒸煮的芋头呢？最相宜的吃法则是，蘸着鱼露、拌着猪油，吃起来有肉类美感。各种食物在味蕾上的相逢，是像爱情一样神奇的化学反应。

小夏要经过一家肉丸子店。吾乡的牛肉丸子十分著名，著名在其弹牙筋道，据称正宗手捶肉丸掉在地上之后还会弹跳多少下。路过的小夏记住了卖肉丸的大姐，她在店子口叫卖，她的父兄在店子后面手捶制作，梆梆作响，仿佛为生意擂响战鼓。

而我经过的是一家卖肉冻的。肉冻的店面形象比肉丸子优雅，也更为静态。透明的颤巍巍的肉冻被切下来之后，总会搭配两根芫荽。肉冻凄楚，芫荽更加凄楚。两两无言。

3

如果我和小夏走出各自的巷子，我们可能会在大街上遇到。我们很可能会在大街上义井巷口的饼干厂门口遇到。因为，彼时有些孩子，打酱油时会特意绕远点，到饼干厂旁边的杂咸铺——为了尽情地呼吸饼干厂送出来的芬芳。

饼干厂华丽的芬芳与杂咸铺酸涩清寒的气质，对比宛如唐肥宋瘦。饼干厂像交响乐，杂咸店像二泉映月，唉，不，饼干厂的芬芳不能形容也无须形容，体会太深，比喻反是玄虚。“饼干厂”三个字不是名词，而是形容词。所谓“流淌着奶和蜜之地”，也许就是传说中的饼干厂。

和饼干厂一样华丽的地方，是冰室。冰室的芬芳与饼干厂又有不同，除了它们适合的季节区别之外，香味也稍带区别。饼干厂的芬芳更娇憨，冰室的芬芳更浪漫。如果用年龄来形容，当我们站在饼干厂前面使劲吸溜着鼻子时，我们还是儿童；当我们坐在冰室里看着雪糕从小窗口里送出来时，我们已经是少女了。

雪糕一般有三个颜色：粉红、鹅黄和奶白。冰花则是透明的。有时候是一个雪糕加一个冰花，搭配效果十分丰富。为什么食物那么美呢？这个世界对馋嘴的小孩太好了。

如果我和小夏都再绕远一点，我们也许会在电影院门口相遇。但电影是晚上才会播放，那时候会涌现一些卖零食的人，自行车后面绑着两个筐子，把神秘的布打开，里面很可能是刚炒香的葵花子。葵花子的盛量工具是几个大小不同的杯子，几分钱用哪一个杯子是固定的，方法跟打酱油一样。

电影院门口还有卖竹蔗的，跟瓜子一样，都是一场电影结束后地板上丰富垃圾的来源。“乌腊蔗”是竹蔗的一种，粗而黑皮。平时想吃的时候，也可以去祖母或外祖母那里，深情叫唤一声，便能获得几分钱，足够买上一大截吮吸良久。但去母亲那里叫唤是没用的，母亲认为馋嘴是家教不严。

4

彼时买东西，都不说店名，多数也没店名。一般是用店主的名字代指，而且多是外号。比如，去铜锣伯那里打

凤城冰室

当我们坐在冰室里看着雪糕从小窗口里送出来时，我们已经是少女了。

酱油，去三姨那里打酱油。多数店主的名字很奇怪，叫熟了也不求究竟。例如，卖火炭的中年女人叫花弟，卖咸水粿的叫老秀才，不知道他跟秀才有什么关系，看起来分明更像个兵。卖蒸芋头的后生仔叫竹桶，其实原名叫德广，吾乡方言里两者音近，也就这么流传了。

卖猪肉的叫德国兵，他早年腿受了什么伤，走路无法弯曲。群众认定德国兵走路就是这个姿势，便赐名于他，他也只能接受。

德国兵的老婆，是一个非常凶悍的女人。有次路过，看到她对一个买肉的女子出言相讥。买肉的说：给我切块好看的，今天十五要拜神。她冷笑了一声说：给你切块好看的，为啥？你长得很好看吗？

街坊吵架，是民间语文的活化石。只是无法穿越回去听那顾客如何应对，怂的在这逻辑下只好羞愧地退下，悍的必有一场言语鏖战。

5

在那条打酱油的路上我们还能遇到什么呢？能遇到沿街叫卖的小贩——补伞的、补锅的、绑牙刷的、卖菜的、收尿的、撬尿桶垫的，还有用篮子提着各种粿穿街走巷卖的。神奇的是，如果买方没钱给，卖方也不强求，只拿块瓦片在墙上记一下欠多少分多少毛，留待以后对证。

所以彼时很多小摊贩，随身还携带块小瓦片。

小夏说她们的巷子里有人叫卖爆米花，叫卖声响起时，最好父母还没下班，则可以从米缸里捞一小杯米去等物交换。

卖冰棍。一根冰棍两分钱，加了红豆的贵一点。装冰棍的是一个类似热水壶的东西，跟冰室租的。放暑假的小孩会兼职卖冰棍，但热水壶里装的冰棍不见得都能平安地卖掉。有的悲哀地融成一摊水和一根棍子，有的——那简直是晴天霹雳，整个热水壶打翻了。失手的小孩像个中年破产者，沧桑地看着一地玻璃。

某年祖父过生日，姑姑在巷子口叫住一个卖冰棍的小孩，把一整壶冰棍买了下来。彼时那一壶冰棍，等于现在一箱酒；人手一根冰棍边舔边聊的老少们，就像如今沙龙上举着红酒杯边啜边聊的来宾。那应该是祖父很难忘的生日。

卖草粿。小夏很喜欢吃而我一点也不。她甚至觉得卖草粿的声音很诗意——小贩用空碗叩出急管繁弦般的节奏，待到叩碗声变得低沉缓慢、节奏凌乱，她就知道有人正在买，小贩正忙于拌切搅和。她的为食虫应声而生。

连散装花露水都有得卖。一个国字脸男人骑着单车，车身后挂两个竹筐，竹筐里就是大瓶的自制花露水。他的量具远比打酱油的高级，是一个大针筒，上面有刻度。有人买时，他就停下单车，像科学家一样地拿出他的针筒。小孩神圣地仰望，看着针筒从大瓶里抽出相应分量。浓绿的液体抽出来之后变成浅绿，更美了。如期扩散的，当然是夏天才有的香气。

吾乡乡谚：个钱橄榄个钱姜，个钱银锭个钱香。宛然就是那个走在打酱油路上的小孩，拿着几分钱买这买那左顾右盼之情态。

6

我们那条街区似乎热闹一点，小夏的那条巷子更为安静。她说如今常常梦见那里，梦里总要奔跑，因为梦里总是夜晚，从外祖母家回来，没有路灯的巷子，那长长的寂静里，总是她一个人在拔足狂奔。小夏家在巷子最里端，巷子里有个并无攻击性的疯女人，可白天时经过她家的门口，总是觉得诡异不安。但对小夏而言，这个疯女人在夜晚产生的感觉则完全不同。

小夏害怕半夜醒来，极端的安静让她产生时空的不确切感。但假如疯女人也在半夜醒来，那就太好了。疯女人确实经常在半夜醒来，搬一张凳子，坐在家门口的巷子中间，大声地和一个不存在的人说话。

她时而痛声咒骂，时而婉言相劝，时而语带哭腔，时而亢奋唱歌，她在说什么，年幼的小夏丝毫听不懂。也许确实是无意的。然而有疯女人的声音，小夏就不再觉得半夜深巷的寂静令人害怕，她听着疯女人在夜空中情状各异的倾诉，带着一种莫名的安慰，又踏实地重新入睡。

然后，也许是一觉醒来吧，就四十了。

甜蜜的庆典

1

井边洗衣服的婶婶，在打趣邻居燕姐：近时晒月把皮肤都晒黑了？燕姐嘻笑对答，声音高高低低：他带我去打耳洞，到了店很紧张，给他们死命递烟，怕他们手门太硬我太疼。婶婶的声音也是高高低低，一会儿凑近说，一会儿唱歌似的说：新打耳环四点金，新交老婆真有心……

她们说话不避着我，分明以为我听不懂。但那天我很聪明，一下子就悟出来，晒月就是谈恋爱。婶婶唱歌似的那两句，意味着燕姐很快要结婚。她的男朋友我也对上号了，就是那个面无表情、正眼也不想看我一下的人。

他正眼都不朝我看一下，那也不怪他。我彼时六七岁，智商并不是很稳定。有次燕姐和这位未来的燕姐夫在房间里待着，另一个婶婶悄悄指挥我：你去，你去，去听他们在说什么。我不问代价不求报酬，一溜烟就去了，只见燕姐手里做着针线活，和未来的燕姐夫默默坐着。我噌一声蹿到燕姐的床上，躺着听。他们还是默默坐着。老半天，只听得燕姐对燕姐夫柔声说了句："你的头发长了，该剪了。"燕姐夫加倍轻柔地回答，好像声音稍大一点都会打碎什么，他说："嗯，好。"

我便从床上溜下来，跑出去跟婶婶汇报："燕姐让他去剪头发！""那他说啥？""他说，嗯，好！"婶婶意犹未尽，觉得我的侦察能力不怎么样。后来燕姐夫见到我就把头扭一边，大概多少有点心理阴影。

2

长大后，我领悟到上世纪八十年代小城恋爱界的潜规则。

有几条规律。一开始都是暗地里来往，去看个电影什么的，要等电影院吹哨子关灯后才进去（那时候电影开始播放前不知为啥要吹哨子），电影快结束之前，要趁着灯还没亮起来，赶紧起身离开。

然后就是男方上女方家里帮忙干些力气活，例如做煤球。做煤球要去煤厂里运煤粉，要去溪边寻溪生土，都需要青壮劳动力。到了上世纪八十年代末，煤球终于淘汰，家家户户用上煤气。恋爱中的小伙子，任务就从做煤球改为扛煤气罐。总之，“去家里帮忙干活”是谈恋爱时最正能量的事，像猪八戒那样的技能是最受欢迎的——“房舍若嫌矮，起上二三层。地下不扫扫一扫，阴沟不通通一通。家长里短诸般事，踢天弄井我皆能。”

也不是干了活就走，干了活总得在家里吃饭。未来的丈母娘对此很欢迎且有成就感。有一句乡谚略带调侃地表达出这种亲昵：“筷子头都给他吮尖了！”——意指吃饭次数之多。

吃到筷子头都尖了的时候，也就经常像燕姐和燕姐夫那样默默在房间里对坐着。很多姑娘晚上会做些手工赚点钱。吾乡潮绣甚为出名，女方绣花粘纽扣，男方也力所能及地帮些忙。“针线闲拈伴伊坐”，是彼时的常见场面。

这个阶段中，邻里长辈会派个“民智未开”的小孩去打探一下“听听他们在聊些什么”，就如我之前执行过的任务那样。我想，可能是去提醒他们不要忘了手中的针线活吧。

3

再有记忆，燕姐已经坐在天井里接受“挽面”。

“挽面”的书面语是“开脸”，是女人迎接婚礼的隆重美容。说人话就是，燕姐要嫁给燕姐夫了。挽面这仪俗，至今想来仍觉诡异。一般是由一个沉默的老妇人进行的。她手执两尺多长的湿纱线，一头扣在左手拇指，一头咬在嘴巴里，紧贴着要出嫁的女子脸部，上下左右交叉绞动拔掉脸部茸毛。这过程第一很疼，第二那沉默的老妇人，白着一张很有职业道德的脸，坐得很近，太近了，仿佛随时会额外地替你拔下一颗牙来。

挽面的时候，周边往往有一大群邻里邻居围观，大家不知为什么都十分肃穆，像在观看一场法术。即使民智未开的小孩，在那个氛围下也不怎么敢说话。

要出嫁的燕姐看起来也没有平时活泛，倒有几分心事重重——说心事倒未必有心事，但结个婚，确实是很忙的。

站在安全地带看，也可把这些迷信的讲究，视为某种风情或文化。说到吾乡的婚娶礼俗，用 32 开本的书介绍起来要有五六个页码之长。我下面说个简略版本，大家随便感受一下。

潮安县邮政

“挽面”的书面语是“开脸”，是女人迎接婚礼的隆重美容。说人话就是，燕姐要嫁给燕姐夫了。

首先要看双方八字合不合。光是生肖相冲就大有学问。属马的不能找属蛇的结婚，因为蛇缠马脚，缠了脚马就没办法出去找工作，找也找不到好工作。马不同棚，所以属马的之间不能结婚。蛇不同洞，属蛇的之间不能结婚。鸡不同栏，属鸡的之间也不能结婚。

要是八字万一真不合怎么办？办法总比困难多，比如去认一个干儿子干女儿，起到什么平衡的作用。但事情的复杂性自然又多几分。

然后要选个日子“定亲”。双方家里准备多份礼物（多数是饼食或糖果）送给亲戚朋友，称为“让大家食知”；家里若有老人的，又要额外多准备一份，以示重视。

然后是“下聘”。聘金的讲究和复杂，说起来又得两个页码。嫁妆大概是婚礼之前就要运到婆家去。上世纪八十年代的嫁妆三大件：手表、单车、缝衣机。三大件齐全则算是高级配置。

奇怪的是，下聘之后有几天时间男女双方又必须疏远起来，仪俗要求不能见面，谚称“钱未过，米未量，不是你新娘”。

这风俗装不装？装。装是装，仔细想想，老祖宗也是用心良苦。最干柴烈火的时候，强行拖慢两人节奏，就可以把期待心理发酵得更充分。定下这规矩的人，其实深谙心理学。一辈子那么长，此时的障碍都是情趣。

4

结婚当天才是各种礼俗的顶峰。

如今，家里长辈聚会，偶会说到当年谁谁结婚时是什么情形。堂大伯结婚时，借了建筑公司的红旗，从客厅一直插到巷子里，一整条巷子红旗飘飘。堂二伯结婚时，二伯母失手打了一个瓷杯子，那可是大事，请的伴娘特别聪明，马上圆场说："瓷开嘴，大富贵"，坏事变好事，满堂喝彩——"你当然不知道，那时候还没你呢，"姑母带着时光的优越感，说："就连你爸，也还要后几年才结婚。你爸结婚的时候，请客的炉灶就砌在井边，光是放菜的架子都有八层，人家说，三四个菜馆也没这么多菜。"

作为封建迷信集散地，吾乡的好些礼俗，从几十年前到今天还没变过。我是本世纪初结的婚，感觉经历的礼俗跟父母辈描述他们当年的情况，似乎并没太大变化。这里也随便说几件让大家感受下。

婚礼前晚要采十二种花煮水洗澡。说是随便什么花都可以，我看中了小区里随处可见的几种小野花，我爸妈认为很不上档次，怒扔之。后来给我采的是一些诸如桂花啦百合花之类的，煮成一锅颜色暧昧的洗澡水。

澡毕，穿衣前，必须在洗手间里吃掉两个鸡蛋。彼时寒冬腊月，南方又没暖气，穿上衣服再吃，其实也没人知道。但我严于律己，深谙慎独精神，并没有作弊，哆嗦着吃完才穿衣服的。

婚礼当天，吃完复杂的早餐之后，按要求一家人必须默默地坐着，不能交谈。话说一家人突然不能交谈，不能刷手机（那时候也没微信，不兴刷手机），面面相觑地坐十几分钟，其实是很怪诞的。而当接新娘的人一来，沉默又瞬间变成极度喧嚣。父母口中的吉利话，用词之丰富，表达之流畅，态度之老练，令我十分疑惑，好像这并不是他们第一次嫁女儿。

出门之后不能回头，父母必须以迅雷不及掩耳之速把门关上锁上。我好些同学的父母，在这个时候都会播放一首《常回家看看》之类的歌，但我爸妈没这么文艺。他们麻溜地锁了门，表情里大有松一口气的意思。我感觉自己是被驱逐出去的。

一路上新娘新郎仍然不能说话。到了婆家仍然不能说话，要默默地吃完婆婆送来的一碗甜丸子，这个过程中婆婆也要说很多吉利话，我只能在心里将双方的吉利话做一番比较文学分析。

吃完丸子之后，就像魔咒终于被解除，可以说话了。记得自己刚能开口说话，我就迫不及待地表达了心得——“我知道为什么出嫁当天新娘不能说话了。是怕有些新娘太多嘴，像我这样，会忍不住做各种不合时宜的点评。”

5

上世纪八十年代的小孩很喜欢看新娘。

邻居堂叔结婚时把家里电风扇都绑上丝带，上面喷满香水，这使他们家在新婚期间都充满香气。对于来访的客人，尤其是小孩，新娘要“送花粉”，其实就是送出各种各样的小礼物。例如“香珠包”是简版香囊，里面包了颗糖，还有一个龙眼核。别的礼物多数是手帕、乒乓球、丝袜，后来也偶尔会有一些文具，比如带香气的橡皮、铅笔等等。

新娘总是和善温存的。我们对新娘的浓烈兴趣，我也不知道具体的点在哪里。也许是为了要礼物。于是有些小

囍

我们对新娘的浓烈兴趣，我也不知道具体的点在哪里。也许是为了要礼物。

孩，便有了两条甚至三条手帕。那时候的手帕呢，多数印个卡通人物，但如果有一条花纹特殊点的，带来的激动劲儿不亚于今天的一套衣服，可把玩良久。

新娘是有神秘感的。这和周围大人对新娘的态度有关。邻里亲戚，大家讨论她的模样和性情，讨论她的习惯和家世，大家的讨论总是窃窃私语的。对于这个如无意外将会一辈子跟大家生活在一起的新人，大家按捺不住的兴趣形成一种气场，让我们知道新娘就是神秘的生物。

而嫁出去的新娘也突然有了神秘感，包括熟悉的燕姐。她们的一切似乎飞快地与“生育”联系起来。那天燕姐回娘家，还是在井边，与婶婶们聊天。我和几个小孩蹲着玩石子，听得婶婶问燕姐：你怎么不穿那天那条裤子？燕姐说：“回门”（指婚礼后初次回娘家的日子）的时候，骑单车摔了一跤，裤子摔破了。婶婶很有经验的样子，惋惜、神秘又笃定地对燕姐说：“那你头胎肯定生女儿。”

我努力想回忆一下，当了新娘的燕姐和当了新郎的燕姐夫，在一起是什么样子。然而没有了任何印象。那个说话轻柔得仿佛害怕打破什么似的燕姐夫，结了婚后就像家里任意一个男性长辈，姑父、姨丈、堂伯、表叔……完全和他们一模一样，好像他在这个家里已经生活了很久，仿佛他作为一个已婚男人，也有很多年了。而燕姐，当她“新娘”的身份一消失，她也就变得和家里任意一个女性长辈，姑母、婶婶、伯母、姨妈……完全和她们一模一样，仿佛经历过少女时光的，是另一个人。

6

我们的一生都见过很多很多新娘。在后来，我们见到的新娘是穿着白色的婚纱，站在酒店的祝酒台上，灯光洒在她们身上。司仪播着音乐，那些音乐和气氛，也让我们想流泪。在她们的庆典里，我们回到那个甜蜜的区域。

一个甜密的名词：新娘。

就像海子笔下的那一个。那首诗是这么写的：

新　娘

故乡的小木屋、筷子、一缸清水 / 和以后许许多多日子 / 许许多多告别 / 被你照耀

今天 / 我什么也不说 / 让别人去说 / 让遥远的江上船夫去说 / 有一盏灯 / 是河流幽幽的眼睛 / 闪亮着 / 这盏灯今天睡在我的屋子里

过完了这个月，我们打开门 / 一些花开在高高的树上 / 一些果结在深深的地下

花木掩映下的黑陶罐子

1

在上世纪八十年代初，吾乡每家每户每天都有一项工作，是卖尿。

我知道处女座会掩鼻而去。可是在回忆中，每天早晨，我坐在光线昏暗的客厅里吃早餐，听得巷子深处传来一声“尿——哎”，声音苍凉淡泊，带着无端的厌世和轻微的羞耻。而每一家的祖母或者婶婶，闻声便从花木掩映的天井后面款款而出，端着自家的那个黑陶罐子。这样的情景，每每想起，总觉诗意。

她们一边对那罐尿讨价还价，一边顺便交流一下各家诸事，仿佛一罐尿在那个早晨具有重要的外交意义。比如我祖母正在抱怨我吃早餐如何拖拉，一碗粥吃一小时：“你不喂她，她就像块抹布粘桌上。”堂伯母正劝她：“你给她吃点蛔虫药。”

那罐尿本身也大有文章。每天来收尿的人不少，买方和卖方都有很多选择，市场标价也不十分明晰。有时候一罐尿到底该卖三分还是两分，都要讨论很久。

陈厝内每个人买卖风格不同。

有的急躁，随随便便就把尿卖掉了，然后提着尿罐去井边，用竹篾做的刷子哗哗冲洗，刷洗声都透着急躁。有的耐心，一罐尿讨价还价多次，端进又端出，一个大上午都在忙这件事。但并不是越耐心越好，如果待价而沽太久，尿罐已满，这时就像过了元旦的台历、接近中秋的月饼，只能便宜卖掉，越快脱手越好。不然没处小便，更浪费了。

2

有个婶婶属于特别有耐心的那种人。她坚持认为她家的尿质量很高，少一分钱都不卖。事实上至今也没有研制出可以靠肉眼判断尿液质量的方法。但她说：我一不掺水，二不掺茶。

为什么说一不掺水二不掺茶呢？因为有些人会在尿罐

里加些水，让它迅速变满卖掉。但加了水的尿液看起来色泽变浅，便很可疑。于是又有了一个进化版本，就是往尿液里面加茶水。都知道吾乡是著名的工夫茶之乡，每天离不开喝单枞茶，尤其是老单枞的茶水，从颜色上讲，跟尿液肯定能浑然一体、相得益彰。

这种行为催生了一句俗语，形容一个人在尿里掺水，是很爱占小便宜的意思。同时又有一句俗语与此有关，形容一件东西的便宜程度，说，正如下雨天的尿。

意思是，下雨天里，即使不人为地往尿罐里加水加茶，雨水也会让露天处的尿罐迅速充满。但我常想，吾乡不应该穷到需要以雨代尿的程度，也许这句话还有另一个解释：下雨天里，天气原因往往使人们的排泄量相应增加，供大于求使货物价格变低。这个解释不知有没有科学道理，年代久远，俱不可考矣。

3

买尿的，多数是离城市不远的乡下农民（离得太远的没办法天天上城来）。

记忆中他们多数敞胸穿着军衣，里面一个红背心，骑

有时候一罐尿到底该卖三分还是两分，都要讨论很久。

着一辆高大的“双筒”单车，单车后架一左一右绑两个大木桶，走到哪喊到哪，就是我在每个早晨听到的那声苍凉的“尿——哎”。

有时候他们腰间还绑一条格子花纹大浴巾。这种浴巾并不是洗澡专用，平时还有擦汗、遮阳、包裹物品等作用，吾乡乡下男性人手一条。这条浴巾把城里人跟乡下人区分了开来。

彼时农田没有化学肥料，庄稼一枝花，全靠粪当家。这里“当家的粪”是一个统称，包括了人畜的各种排泄物，具体说来还有一些分工。比如说，鸡架粪含钾较高，猪圈粪属于磷肥，牛粪属于氮肥，至于人粪和人尿的使用，对地里庄稼来说也是各司其职，不可或缺。

农民自家全体人畜的排泄物如若不够，就要到城里收购。彼时城里的公厕，各街巷的阴沟水，事实上都是“肥水不流外人田”的肥水来源。

这些收购肥水的人被称为“倒尿的”，因为与污秽相伴而处于社会鄙视链底端。有句势利的乡谚这样说：“勿吓倒尿的。”意思是——你以为我像“倒尿的”一样没见过世面？

事实上，“倒尿的”见的世面可谓广矣。每天早晨，他们走街串巷时所见识的诸多买卖方个性，各大厝内的起居模式、衍生细节，想必也是一本人性标本大全。

4

需要说明的是，在上世纪七八十年代农民上城私人购尿之前，很长时间里城中每家屎尿由“环管所”负责收集，也包括把排泄物发放到农村去。环管所的工作人员用一辆四轮车运输屎尿，被乡民戏称为“开坦克的”。我家住的地方是小城的南端，那条街一直再往南走到尽头，就是一个屎场。

吾生也晚，那样的壮观无缘识见，想象中，其情景应该略似《西游记》第六十七回所讲的七绝山稀柿衕。用稀柿衕当地李老头的话说：“山径过有八百里，满山尽是柿果……每年家熟烂柿子落在路上，将一条夹石胡同，尽皆填满，又被雨露雪霜，经霉过夏，作成一路污秽，这方人家，俗呼为稀屎衕。但刮西风，有一股秽气，就是淘东圊也不似这般恶臭。”

据说最初农民初上城收购尿时，喊的不是“尿——哎”，而是类似于英文字母“Y”的发音。关于个中原因，有说是怕环卫所没收尿桶，故用此发音掩盖私自收尿的行为；有说是发音上“Y”可以拉长音，而“尿”字则不能。众说纷纭，也许都有道理。

5

令我骄傲的是，外地友人多数没有见识买卖尿的童年记忆。听我讲述时她们无不痛心疾首，说：我们浪费了多少尿啊！

顺此话题，我们查得各种尿液功效不同。孕妇尿可以提取某种孕激素制作保胎药（例如某市某计生站2014年的公告中呼吁，广大孕妇们要本着“多而纯，纯而精”的标准做好攒尿工作，每月接尿26天以上、每天一盆者，则每月奖励洗衣粉2.5袋，半盆以上奖2袋，半盆以下不奖）。

另外，童子尿在民间似可作为药引，还有治跌打损伤的功效；某些中医让患者在中药里加入自己的尿液，称之为“回龙汤”。如此看来，吾乡当年买卖尿的产业若要深入发展，每家还需要备用夜壶尿罐多个，以做更详细分类。

有天我看到一本书叫《厕神》，里面也提到以尿而起的商机："罗马人注重实际。多愁善感和礼仪举止并未妨碍他们最大限度地利用物质……漂洗工就是这样的人……人类的尿液被证明能有效去除油脂，也可充当一种廉价的染料……为了确保尿液的稳定供应，清洁工们将罐子置于其店铺外面，免费供给普通大众使用。"书中还说到，罗马历史学家苏埃托尼尔斯曾记述皇帝维斯帕先对全城尿壶收税的行为，"鉴于人们平均每天撒尿两到三次，从尿液中课到的税款足以用来供养一支小型军队"。

但除了古罗马之外，农业大国城乡之间以尿交易的事似乎被作者忽略了。据作者的描述，似乎世界上大多数的尿都浪费了，比如说，17 世纪时欧洲城市的居民们还每天将夜壶直接倒往窗外，街上污秽不堪。这，真令吾乡"倒尿的"为之揪心。

每一家的祖母或者婶婶，闻声便从花木掩映的天井后面款款而出，端着自家的那个黑陶罐子。这样的情景，每每想起，总觉诗意。

与水井有关的事

1

水井有点神秘，甚至可怖。当听说哪里一口井突然不被启用，有关它的传说里，常有一个满怀冤苦跳下去的女人或男人，或者失足掉下去的幼童和动物。

大街上有形制优美的四目井、三目井、双抛井，都是古井。它们多是内圆外八角的形制，井口如名字所示，分为几个极小的分部，像一朵花有几个花瓣。据我所知，它们被分成花的模样并不是为了美的需要，而是出于功能上的考虑，其中一个考虑，是增加跳井或失足坠井的难度。

乡谚云，“一人不进庙，两人不看井”，说的是防人之心不可无。字面的意思“细思恐极”：两个人一起看井，若有害人之心的一方把另一方推进井里，便是神不知鬼不觉。《西游记》里的乌鸡国王就是这样被害死的。这里面有一个技术上的关键是，掉进井里往往是头部朝下，所以绝无生还的可能，与掉河里的情形大为不同。

但这似乎是把双刃剑，使井边的幽会往往象征着极深的感情。梁山伯和祝英台就在井边约会，潮剧里有经典剧目就叫《井边会》。

2

抛开这些可怖的联想，日常生活里的水井又是亲切的，甚至是优雅的。打水时，吊桶被幽深的井眼吸入，默而无声，像一条怀孕的大鱼尾巴一摇，往水里扎去，手中的井绳为之一沉。如果对打水技巧掌握得极为娴熟，这场景就更优雅了。车前子写过这个场景，他说："铅桶一头扎进清澈的井水，倾斜着，仿佛垂帘在春雨暗晦之中，仿佛乐师演奏结束行屈膝礼。"

他描述的是苏州的情形，与吾乡有相同处，但又有不同。吾乡打井水用的不是铅桶，多数是铁桶，有时则是切成一半的篮球。

这个发明者的聪明才智，仅次于第一个吃螃蟹的人。

不知是什么样的灵感，使他把作废的篮球和打水这两件事联想起来。把篮球破的部分剪掉，像西瓜被切成两半。这个篮球吊桶被发明出来的瞬间，发明者一定恨不能伸手拍自己的肩膀称好，而我们也惊异地发现，业余者比专业者更加优秀。篮球吊桶撞击井壁时不会发出铁吊桶的声响，它柔软的身躯与水更有唇齿相依的熨帖，这两者的灵魂更加投缘，正如橄榄核之于小火炉。

彼时家里没有冰箱，水井就是天然的冰箱。井栏多数是油麻石，内壁苔藓深深，间或有蕨类植物，夏天时，趴在井沿，迎面就是盛大的凉意。水果如荔枝、龙眼、西瓜，用一个丝网袋装着，可以悬挂在井栏内壁。如果是鱼肉之类，则用铁吊桶装着，也悬挂在井栏内壁，只要不碰到井水就好。

井边若有植物则更有情致，植物似乎在任何场合都不会是个扫兴者。而在陈厝内的井边，这棵植物是桑树。这提供了一个刺激：春天我们不能错过打桑葚的机会，而打下来的桑葚却很可能掉进井里。这个问题怎么解决的记不起来，也许根本就没解决过。没被解决的问题也能加深感情：它再次创造了我们与井的恩怨。

3

陈厝内其实有过两口井。其中一个，随着时光流逝，水质变得混浊。于是老人们认为不宜再用，找人把它填掉，重新找地方（找到了桑树下）另凿了一个。

凿井技术复杂，让人感到神秘的是判断水质的方法。据说如果挖到黑色的土，那井水就会是臭的，不能用；反之，如果挖到红色的土，井水就是甜的。待挖到沙层，沙子越美，井水越甜。然后铺上碎石、木炭，形成天然滤水层。好的井水冲泡的茶，到了第二天，茶色仍然清可鉴人，否则相反。

背井离乡这个词，强势声明了水井对家园的重要性。这种重要性被延伸阐释，在我祖母的语境里，同一口井汲饮之人，不仅在生活空间上形成一定的边界，在性格上也会有所趋同。

一般来讲，一套老厝内总有一口井。据祖母所称，某一老厝内的那口井，喝出来的人忠厚，却欠缺变通；某一厝内的那口井，喝出来的人聪明，却不甚团结。她以具体案例为她的理论佐证，于是在当年我的心目中，水井的神秘性更为加深了。

4

与井有关的事都别有风味，包括它那些传说。吾乡灶有灶神、井有井神、床有床神，总之，诸神环绕，也不知道生活是因为被护佑而更容易了，还是因为被监督并且要还恩而更艰难了。在《西游记》里，井这种微型水利设施里仍有龙宫和龙王，只是可怜见的，井龙王身家完全不能跟海、江、河、淮、济的龙王相比，因为"久困于此，日月且不能长见，宝贝果何自而来也？"

穷富都好，既然有井神，自然就要祭拜。吾乡井神称为"井公井嫲"。结婚多时的夫妻若没生子，家里心急如焚的婆婆会把儿媳妇带到井边，祷告一番后，往井里扔下一个糯米团子。如此直观、形象的表达，井公井嫲用脚趾头也理解了她们的用意。于是来年，家里果然多了个糯米团一样的白胖孙子。

类似的还有。用石榴花蘸一点井水洒下，便能驱邪；出远门带一点井水和井边的泥土，便不再水土不服。这些生长在老人们笃定的语气里的智慧，固然能激发倾听的兴致——就像她们说到舍南舍北随意生长的植物的功用，地里屋后某棵野草竟是治愈疑难杂症的药——但我们貌似饶有兴致的表情后面，未尝没有看热闹的优越感。

5

水井的意义不仅是提供日常用水，还提供了一个公共空间，尤其是给忙于家务的妇女们。对她们来说，很多交流都是在井边进行的。

有一位叫何志森的建筑师在演讲中讲过一则故事：一个法国建筑师到非洲去，看到非洲妇女用最原始的方式把水背回家，他特别难受。于是他到了村子后，就说，我要帮你们每家每户安装一个水龙头，让你们在家里就可以洗东西。结果非洲妇女们全都不干，上大街游行反对这个决定。因为倘若水龙头牵到家里，她们就只能每天待在家里，做那些分内的工作，打扫卫生、照顾孩子，而几乎没有社交的机会和权力了。

所有日常交流、情感倾诉、对男人的不满、八卦消息，都是在水井旁边发生的。这是她们唯一的情感交流公共空间。

这种情况在中国民间，尤其是在几十年前的民间，也基本一样。很多妇女的生活都局限于一日三餐、打扫卫生和哺育孩子，她们的精神苦闷通过什么得到抒发呢？有什么既安全又合理的途径呢？

唯有一些公共空间，比如乡村的池塘边，或者小城里的井边，她们一边洗衣洗菜，一边聊天，以此形成一个小型的社会支持系统。

现在的乡村小商店里，常有人借着买卖东西的机会在那里打扑克赌博，归根到底都跟井水聚会相仿。

人们的日常生活离不开水井，所以很多故事都发生在井边。比如潮剧的著名戏目《井边会》，讲的是这样一个故事：五代时，刘智远贫苦无依，入赘沙陀村，妻子为李三娘。后来智远被迫往太原投军，三娘在家受哥嫂虐待，于磨房产得一子。婴儿险被哥嫂溺死，幸得被窦公救了，交给太原的智远，取了名字叫刘承佑。十六年后，承佑外出射猎，偶然遇到三娘，两人对话，得知三娘即其生母。《井边会》说的就是刘承佑与李三娘相会井边的故事。

6

另一些跟井有关的事，不仅满足猎奇，也引发真心的佩服。例如去井里捞东西。下井的人搬张梯子，靠着井的内壁放好，人从梯子下去。想象那个往幽深处走的过程，仿佛就是往人类某种恐惧的本能走去。到了井里不能转身，只能屈膝低身尽量去捞。据说一般的井水深度是到一个成年男人的胸口附近，而水面到井口则大概是两米半深。

水井让人感到神秘的原因，也可能跟偶然性有关。吾乡把女性的命运称为“吊桶命”，比喻婚姻的不可预料。一吊桶下去，理论上你不知能打上多少水，也不知道会打捞起什么东西。也许是一些树叶，也许是别的异物，毕竟掉进水井里的东西，多稀奇都有。

有一次陈厝内有人失手将大把咸菜掉进了井里（真想穿越回去问她是怎么做到的），变咸的井水不能食用，这是整个院子的大事。彼时似乎没有抽水机，于是各家的青壮年劳力都来帮忙，如抢险一般连续打捞了很久很久。祸首咸菜当然是捞起来了，变咸的井水也几乎捞空了，新的清水慢慢升盈上来。直到井水尝着没有咸味，这场全民劳动才算结束。

还有一次，院子里有个老婶打水时，一只金耳环掉到了井里。这事比掉咸菜更大了。以前金耳环不仅是一块普通金子，而且是一种很有象征意义的信物。吾乡有个风俗

一吊桶下去，理论上你不知能打上多少水，也不知道会打捞起什么东西。

是，老妇人耳朵上那对耳环，去世之后要留给大儿媳妇，是个很重大的规定。

聪明的老妇人灵机一动，便在井绳上绑一根吊钩，吊钩上绑一块大秤砣，再绑上一大团零乱的绵纱。她独力用这自创的工具在井边打捞了几天，最后那个失散飘零的耳环，果然夹杂在大团绵纱里被捞了起来。

从此，她的智慧和耐心，一直活在我们的传说里。

煤球之美

1

做好的煤球是美丽的。

首先煤粉本身是美丽的，它是南方市井里黑色的雪。单独一个的煤球是美丽的，圆形，七个小孔，骨肉匀停，气息亨通。最后堆在一起的煤球最美丽，是溃散的煤粉的创造，是聚沙成塔、集腋成裘的实现。它们高高堆砌在墙角，和米缸里满满的大米同时体现累积和秩序之美，体现殷实和节制兼备的家风。

我在街上见过运煤球的板车，煤球砌得很高，颤颤巍巍，远看着心脏仿佛悬挂秋千之上。近前看，每摞煤球都由一根竹竿垂直地串了起来，长长的竹竿穿过整齐码放的煤球七个小孔中某一个孔，在小板车上暂时起到定海神针的功效。

那是上世纪八十年代的事情。彼时煤为重要燃料，吾乡江边还有“扫煤弟”和“扫煤妹”。运煤粉的船从上游开来，在江边停靠，送往煤厂。江边玩耍的孩子们闻汽笛而知船至，抄起畚箕飞奔前往，将运输过程散落在地的煤粉抢扫进畚箕，带回自家做补充燃料。

彼时孩子们有为家庭建设做贡献的责任感。如果街上刮台风，掉落的大小树枝也会被孩子们捡回家里做燃料，跟江边扫煤属同一种行为性质。

家里做煤球是一件快乐的事。总是在某个天气晴好的星期天早晨，父亲起个绝早，等我悠闲醒转，院子里父亲和一两个邻里亲戚，互相帮忙着，已经在那堆煤山前面搞了两三个小时的创作。而母亲已经在厨房里准备好了甜的番薯汤、咸的米粉汤。

2

事实上做煤球的准备工作前一天就开始了。父亲借个板车，先去煤厂里运来几百斤煤粉，然后到江边捡回晒干的溪生土，加水泡软、溶成红色的泥浆。做煤球的时候，大约是一百斤煤粉里掺上十斤溪生土，再像和水泥那样搅拌均匀。

煤粉里混杂煤块，要将之粉碎。先用筛子将煤粉分成细腻和粗粝两部分，粗粝的先用脚踩踏一遍，踩不碎的，弯腰曲膝蹲在地上用锤子锤。这道工序烦琐且技术含量低，往往需要孩子们帮忙——除非你有一个纵容你在做煤球当天仍睡懒觉的母亲。

对做煤球的期待也是从前一天开始的。仿佛一个节日，父母于忙碌中不断交流：明天的天气会不会骤变，风从哪里吹来，云是什么形状，气温较之昨天是升是降。这一切意味着明天意料中的好天气会不会从犒赏变成愚弄。邻里或者哪个亲戚能不能来帮忙，我们请人家吃什么点心为宜，家里印煤的工具够不够——做煤球在吾乡谓之“印煤”，因为要用一种叫“七星印”的模具。这模具有型号之分，据据型号不同，做出来的煤球分别是一号煤、二号煤和三号煤，后两者是家用的，前者因其巨大，一般是街上餐饮店所用。

从我的卧室窗口望出去，是陈家院子（吾乡称为“陈厝内”）的大外埕。高高的煤粉堆成小山，彼时正值壮年的我父亲，踌躇满志地站在小山前。陈厝内的两名叔叔，也一人拄着一个七星印，以开荒拓野不在话下的豪情，一边高谈阔论，一边产出了一个个的煤球。

从我的卧室还能听到母亲不时开门出去，大声招呼他们进来喝茶或吃点心。有时候她也在家务活的空隙出去帮忙“印”几个煤球。她笑语盈盈，光听声音语调，都能听出她作为吾乡一个典型主妇殷勤待客的必备修养，以及把家庭日常安置妥帖的掌控力。

3

做煤球的时间一般是星期天上午，那时候星期六上午是不放假的，而做煤球必须要一整天。早晨六点就要开始劳作，到上午十点多必须做完，这样才有足够的时间晒干，黄昏时再将它们一批批从外埕搬进家里厨房。

还必须选一个阳光爽利的日子。但有时候人算不如天算，上午眼见着晴空万里，中午的时候却晴转阴，就像孙悟空与精细鬼、伶俐虫打赌时，用他伪劣的“紫金大葫芦”装了天。

那还不是最倒霉的，更倒霉的是天不但变阴，还下起雨来，一个上午的劳动化成黑色的煤水奔流而去。

上世纪八十年代刘文正有一首歌这么唱：“哗啦啦啦

啦下雨了，看到大家都在跑，哗啦啦啦啦淋湿了，好多人脸上失去了笑，无奈何望着天，叹叹气把头摇……”我一直觉得刘文正唱得兴灾乐祸的，你们感受一下。

做煤球的地点一般是在那棵石榴树下。那里有一片相对开阔干燥的地方。常来帮忙的是两个堂叔，其中有一个叫宏叔，有奇好的口才，总有各种顺口溜，也不知道是他记在肚子里的，还是临时发挥的，总之张口就来。

他形容一个人机灵，就说他“好比炉顶炭四处通”；他说某件事很艰难，就说“惨过大班贼来劫家”；他形容心情舒畅，就说“胜过娘仔伴过夜”。即使没事可以让他评点，他也会现场发挥。比如他看到我鞋子旧了，就说你知道不知道以前大街上哪一家做鞋最厉害？我当然不知道。他就来一段快板：“一张花轿四人抬，一串猪肉持轿门。新娘头上一支钗，脚大通城买无鞋。寄三寄四来重换，专定义成在大街。”

他讲的是一个做鞋的老字号，义成号。这个堂叔给人带来欢笑，但似乎也因为爱说爱笑而惹过麻烦。那一年厝内三太婆去世了，三太婆的儿子茂强叔在灵堂上听到隔壁房间传来阵阵低声的嬉笑，正是这宏叔的声音。他当场震怒，抄起一根扁担，准备跟宏叔大干一架。后来事情是怎么解决的我不记得。住老厝大院落的生活总是如此，它比单家独户亲近，但也多出很多摩擦。

我不知道我怀念的是什么。是不是怀念人与人之间那些紧密的互相牵绊，那非合作不可的生活，像地心引力一样，把你紧紧地留在这个地方？是不是怀念那强大的社会支持系统，在我们尚无能力去战胜那莫名孤独感的时候，它以最简单、机械、紧凑、不得不进行的劳作，让我们停下哭泣、忘记惊慌，从辗转反侧中坐起身来？

我是否在怀念那让我们盲从的劳作，让我们盲从的秩序？让我们不问目的、不问意义，对流逝也毫不在意。我们知道这一天必须干什么，也知道有谁会与你配合，有谁可以叫来给你帮忙。我们有一个巨大的家，在那里交谈讨论，哪怕只是最无聊的交谈讨论。你忽略了真实发生过的矛盾和摩擦、苦恼和束缚，仿若在尘世的汪洋中，你只记取并紧紧地攥住你的小船和绳索。

做煤球的日子总被想起，乃至成为情结，然而这种日子已经再也没有了。这当然不仅仅是因为随着煤气炉的普及，也不仅仅是因为陈厝内的部分拆迁使亲戚邻居们四处离散。

老厝的爱与哀

1

无聊可能是童年的美学核心。犹记我坐在老厝阴暗的客厅里，望着外面天井。天下着雨，水帘子从屋檐上垂挂而下，造成我与世界的阻隔。我能做的事只有一件，就是傻坐，漫长又空白地，隔着雨帘，看向天井。

以一个孩童的视线来看老厝，它是影影幢幢的。花木茂盛促进了这个印象：天井里由水泥搭建成的几层架子，从低到高摆着百日红、三角梅、龙吐珠，最中间也是最顶端，是一个大莲缸。莲花是花中亮点，甚为矜贵。如果开花前小孩用手指指着它，它就会哑掉（就是不开花的意思），不知道里面到底有什么讲究。

种出这个天井里的花木是很费心思的。祖父爱花，他会把猪脚趾的骨头烧过碾碎，加在花泥里增加钙质。兰花养起来最费工夫，每盆兰花里都要放置两条刚烧过还发烫的木炭，不知意义何在。还有，每年的莲花都要换土，换下来的旧泥巴放在天井里晒干成团，然后碾碎，又继续可以作为别的花泥。

天井连接“外埕”处还有树，石榴树、桑树、桂花树和昙花树，树影和建筑的形态一起构成谷崎润一郎所写的阴翳之美：“庭院里反射过来的光线透过障子，静悄悄映进室内，我们厅堂美的要素就靠着这间接的微光。我们为了使得这种无力、静寂而虚幻的光线，悠然沁入厅堂的墙壁……”这大抵也是老厝的情形。

大人们各自在阴影中进行令我费解或者漠然的行动。祖母从她阴暗的房间后面走到稍微明亮一点的客厅里，邻居的老婶穿过外埕来到我家，端来一杯工夫茶，完成了一场小型的外交。

吾乡老厝的完整形制非常丰富。空间的分割异常细致。除了客厅、卧室这些常规性的房间，还有通巷、后库、厅仔、格仔、门亭、门楼间房……有很多资料详细介绍了这些小得几乎转不开身的房间最初出现时有什么样的功能，但在童年的我看来，它们最重要的价值就是提供一种曲幽之趣，使一个家庭的日常生活变得更加复杂，充满了邻里、妯娌间的互相渗透。

如果将这些小空间用更普遍的方式称呼，大概有耳房、厢房、堂屋、正厅、偏厅之类，但这不但不准确，且有沐猴而冠之感，完全不能传递吾乡老厝在形制和空间分割方面的独到意趣，以及苦心孤诣。

而那些下雨的白天仿佛就是全部童年的缩影。雨水联结日夜，渐渐在天井里形成一片水域。水域的出现使呆坐的孩子回过神来，她的视野里出现了一些蜗牛，从草叶深处披荆斩棘，带着雨水亮晶晶地出现了。

2

老厝的苦心孤诣就是：千方百计地阻止你离群索居。

比如说，一家人假设有两兄弟，父母分房产的时候，大哥一家分得西边一间卧室，就要再配上东边一间格仔；二哥一家分得东边一间卧室，则搭配西边一间后库。

如此一来，即使兄弟两个闹翻了脸，在日常活动空间里还是有无数会合，还是抬头不见低头见。慢慢地，闹翻了的脸，又复合了回去。

这样交叉分配还有另一个作用：任何一个儿子都无法

轻易卖房。因为房间分散，买卖时无法一刀切，大大增加了买卖的难度。子孙千难万难，不要打房子的主意，老厝在，家就在。

老厝催生了很多现代人甚为怀念的温馨情景，文学作品里多有提及。

但远香近臭。你记得大家同用一把风扇、同看一台电视、在夏夜同听一个老人讲故事、逢年过节一起做粿一起卤鹅一起祭祖拜神的温馨，却不记得从井边提水回来要经过客厅，无意洒了点水在地板上也可能引起战争。

你记住了花木掩映的天井，树影曲折造成了谷崎润一郎所写的阴翳之美，却不记得排水排风的不科学造成潮湿和异味，没厕所造成诸多不便，植物惹来蚊虫。有一年夏天，我一翻身惊动了床上的大蜈蚣，惊惶之下我把它杀死了，好长时间我都害怕它儿子要带它儿媳妇和孙子来找我报杀父之仇。

没有隐私。

每天几点起床，彼此都清楚。起得早的，大家会说你真够拼的，这么多年这么拼，你们家现在屁股下坐着的都是钱吧？起得晚的，大家会说，真敢睡，背上的肉就数你们家厚（乡谚，就是贪睡的意思）。

每餐吃什么，彼此也知道。吃得比较丰盛了，大家说“啧啧，真够敢的”（“敢”在这里是高调、晒富的意思）；吃得比较随便了，大家又说，这么省是要把鸡蛋算出骨头来（依然是乡谚，抠门的意思）。

生活因为公开而危险。不管你贫穷或者富有，闲散还是勤奋，你都不得不接受大众的评判和议论，每一个人，概莫能外。被议论，就有被非议的可能。

现在我们已习惯一个原则：只要没有伤害他人、妨碍他人，一个人选择什么生活方式，都是“TA”（也就是我）的自由。

但在老厝语境里，不可能有这个自由。最严厉的一句话就是：“这样的事，在社会上会被人划裂脊梁。”（意思是会被别人在背后指指划划，以至于把脊梁都“划裂”。）

别人的指划能把你脊梁都划破，这指划的力度也是很具体了。

3

在陈厝内的邻居里，有一个特别漂亮的姐姐，叫芳芳。彼时小女孩都收集珠子，芳芳姐姐收集的珠子远比我和娟娟（另一个邻居女孩，与我同岁）多，仿佛一个人的收藏与美貌是匹配的。

有一天娟娟带着愤怒的语气告诉我一件大事。她说，芳芳姐已经二十岁了！二十了，二十了，二十了！那么老了她竟然还不结婚，很不要脸！你知道她为什么还不结婚吗？

娟娟把语气稍微放低下来，突出答案的神秘性：因为她漂亮，她不结婚就能吊着很多人追求。

这是我人生里的婚恋观启蒙，惊心动魄。

娟娟无疑是从左邻右舍其他长辈那里听到的评议，对这个评议我很焦虑：二十岁就一定要结婚了，我能不能做得到？以目前的能力看，很可能做不到！如果那个时候我做不到，我也就会被“划裂脊梁”！

情况分为两种：如果到时候我依然是个丑女，那么必定找不到人结婚，那自然是丢脸的；但如果我到时变成一个美女，万一也找不到可以结婚的人，那则更加可耻，因为必定是居心叵测。

情况就是这么个情况，十二岁的我隐隐有一点被控制住了的忧惧。

4

贵婶是娟娟的妈妈。

娟娟是一个特别聪明的女孩子，今天想起她来我也不得不惊叹，她本该是一个商界奇才。我们玩的无聊游戏，她率先提出一套以输赢换糖纸换邮票的方案；我们流行吃一种叫“老鼠屎”的廉价零食，她不知用什么办法收集到一小批，附近几条巷的孩子都跟她买。地下交易，订单不断，我作为最近的邻居自然就成为她的无偿帮手，任务就是算账、送快递（就是递一下的意思），仅仅这么递一下，我也感到与有荣焉！

她还偷偷卖过家里她奶奶自己做的浮豆干（就是炸豆腐），很可惜我迟到了三十年才帮她想出一句广告词：“南门豆干，豆干中的战豆干。”

娟娟的才华是从她妈妈那里遗传过来的。贵婶像所有其他女性长辈那样生活在老厝影影绰绰的阴影里，面貌模糊，但她的才华是娟娟的升级版，更有魄力。

贵婶家也就是普通人家，贵叔收入一般，她自己无业，每天在家里搞卫生和做菜。贵婶擅长买到便宜东西，能以最少的钱做出最华丽的菜。我印象很深的有几个。夏天里，吃完了的西瓜皮，她切细了腌好炒肉；中秋拜月的柚子，吃完瓤剩下来的柚子皮，她能把它加糖制作成小吃；邻巷野生的杨桃，酸得连鸟都不吃，她摘下来泡了盐水，杨桃神奇地不再酸了，变成了免费的饭后水果。

但如果只是菜做得好、家里布置得好，贵婶也只是众多精明能干的妇女之一，并没什么可说。

贵婶还有一些陌生的才华。

大概是上世纪八十年代末期，街道办事处开辟了一所旧房子，作为街坊免费的娱乐活动场所。贵婶主动请缨，成为这个活动据点的负责人。

那个房子应该是废弃的旧会议厅，窗户破败，家具全无。贵婶先是找来几块木板，钉成一张大茶几，再拿来家里多余的一套茶具往上一摆，归宿感瞬间夺出。

然后，她不知用什么办法，竟然为那个娱乐点筹来了一笔资金。

她先是买来大幅窗帘装上。直至现在我仍确信窗帘是一个房间气氛的点睛之笔。

剩余的资金，她买来了一台录音机和音响！

音乐一放，不管什么音乐，不管什么地方，都能变成一个浪漫的地方。

以马内利
基督家庭神恩无限

《明天会更好》《亚洲雄风》《酒干倘卖无》……

我还记得我妈去参观后回来，啧啧称赞："全城找不到那么便宜的窗帘。质量好，捶捶重，色泽好，上面还有花。"

我那时已经上初中了，已经是新青年了，我妈还让我去那个娱乐中心开眼界，可见那个地方多洋气。

这么洋气的地方干啥用？跳舞。交谊舞。去的全是周围几条巷子里的家庭妇女，有人学男步，有人学女步。她们每天上午买好菜，提着芥蓝、排骨什么的，先拐到这个娱乐点，跟着录音机跳上几曲"恰恰"或"慢三"，再心情愉快地回家继续干家务。

5

所以说贵婶和娟娟都是天才。那么有限的资源，她们对生活的灵感纯靠天分。比做菜搞卫生更难的，是贵婶的娱乐中心之举，那是一种在老厝环境里非常陌生的才华，有接近革命者的气质。

然而，她毕竟生活在老厝。

老厝长进了她的头脑里。

贵婶的生活并不愉快。她的婚姻不愉快。具体怎么不愉快并不重要，但生活在老厝的人，不愉快的事不会成为秘密。

大家分享过每对夫妻明里暗里的争吵，分享过一个丈夫对一个妻子的嫌弃或者轻视。这轻视或嫌弃，又因为被分享过而成为加倍的耻辱。

反映在贵婶脸上的，却不是怨气，而是一种用力过度的昂扬。

她想向人们展示她的能量，她随时都想证明她是一个对家庭尽职尽责、对生活克己克艰、从能力到人品都无可挑剔的人。大概，她这么证明了之后，就可以进一步证明，婚姻的不愉快乃至生活的一切不愉快，不是她的错。

有一天我听到妈妈和她在外面边晒被子边谈心，“这么多年他家内内外外，我都顾到了，你看他婶（“他婶”就是婆婆的意思）手上，金戒指两个，玉手环一个，都是我买的……”

那时我是高中生了，已经能听懂这些事，我竖起了耳朵：“他三姐夫没工作，我叫去竹器厂看门；他二姐那个儿子，我劝他去学技术。这些年我……”声音小下去，也许情绪波动，导致了字句模糊。

妈妈叹息着："人人知道你莫嫌、莫嫌（就是无可挑剔、尽善尽美的意思）。天地补忠厚，人凭良心做好就好。"我听过妈妈私下的窗帘之夸，知道她的感慨都是发自肺腑。

"是是是，我做事凭良心，天地就知。"

这就是她的自欺了，她分明觉得天地知是没用的，重要的是邻里知、亲戚知、周围来往的小型社会知。

6

空间对人的影响，大概是一个很复杂的话题。

如果贵婶不是生活在老厝，她可能早就离婚了。但她生活在老厝，她是这么对娟娟说的："我事事做到莫嫌，你爸要想和我离婚，四亲二邻都不会同意。"

没有离婚，变成了她在艰辛中争取的各种成功中的终极成功。

我如今也活到了当年贵婶的年纪，偶尔想象，如果她换一个地方生活，并且活到今天，可以有什么样的人生。

开个饭店都能比别人红火吧，起码招徕客人的情商比别人都高。柚子皮、酸杨桃做菜这一类，又省钱又有情趣。

要是和娟娟母女合作开个淘宝店，以她的点子和气场，分分钟都有网红的可能。

到时候我再给她们写写广告词啥的，有好处应该不会忘了我。

再以她把会议室改造成舞厅的才能，开微店之余她的生活必定十分愉快。

以她擅长外交的才能和充沛的能量，她应该很喜欢旅游。

凭着擅长沟通的能力，即使出国旅游也会很轻松。随时弄个跨国恋都是顺便的事。

再以她的开拓能力，办一些“老年人出国游”之类的中介机构，或者外搭“老年人旅游英语口语速成班”之类的项目，她能有多忙我都不敢想象。

这是我替她想象的人生。

事实上她的人生很短暂，不愉快贯穿到她的终点。我上大学的第二年，她患病去世了。

令我至为难忘的是她的临终心愿。她让娟娟买几百斤大米，送给周围几条巷子的街坊们，告诉大家，她妈妈这一辈子各方面都“莫嫌”，换回大家一句唏嘘：是是是，真的是莫嫌、莫嫌。

一个出类拔萃的人，得到一句如此平庸的称赞，便可瞑目。

激赏和疼爱既然不可求，便伪装成不需要，即便临终，也不需要。或者说终其一生，她都没有在心里把这个需要识别出来。

她在老厝的静美里消磨掉自己的蓬勃，她的才华比生活所需要的更多。

这是她过分削足适履，并且削得并不成功的一生。

最快乐的时刻还没到来

一回想起以前的年，就想到院子里地上铺着一层鞭炮红纸屑。新的鞭炮纸屑很好看，还没被脚印打扰，干爽鲜艳，盈盈欲飞。但是半天之后，它们就毫无例外被踩旧，贴在地板上，彻底沦为垃圾的身份。

大年三十的晚上我们做好了睡不安稳的心理准备。吾乡繁缛的祭拜仪式要一直绵延到深夜。祭拜的准备其实是从几天前就开始了，油光可鉴的卤鹅一个月前就摆在家里厨房，日日散发南姜卤水的浓香。各种香烛的焚烧使这个夜晚焰光闪闪，尤其是迎接财神、喜神这一重大时刻，经常安排在凌晨。大年三十这一夜，家里呈现不打算睡觉的气场，而左邻右舍随时响起的鞭炮声，也使我们的睡眠不可保障。

但我喜欢这种混乱！正如帕斯在《孤独的迷宫》中描写墨西哥的节日："在那些日子里沉默的墨西哥人吹哨，

喊叫，唱歌，放爆竹，朝天开枪……我们的行动具有更多的轻快，一种不同的重力，它承担了不同意义，我们减轻了时间和理性的负担。节日不仅是一种过度行为，一种仪式性的挥霍，它也是一个骚动，一种突然沉浸在无定性之物和纯粹生活之中，通过节日社会摆脱了强加于它的清规戒律。”

过年那几天我们经常在满院子的鞭炮屑里寻觅遗漏的零碎鞭炮。男孩胆大，有时候点燃后还把它们往我们这边一扔，确实非常危险。鞭炮和烟花的发明，给节日加上一点危险气质，更像狂欢，更像骚动。

有一年的年三十，说是江那边会放烟花，江这边我们也能看得见。吾乡由一条江包围，江那边是较为广袤的乡村。那年头烟花是难得一见的事，我家住的是两层的楼房，并且离江不远，于是提前很多天，就有亲戚朋友纷纷预定，约好年三十晚年夜饭后来我家天台看烟花。

那年年三十晚，除了我家现有的水果零食，来的亲戚朋友又带上了各种水果零食。不断地有人笑嘻嘻进来，手里提着各种各样的东西，大声寒暄着，往天台上走去。一时间，我家就像帕斯说到的墨西哥节日的集市那样——“多亏了这种挥霍！一个集体才能得到天上和人间的羡慕。”

亲戚朋友们在我家的天台上说笑，啃着甘蔗，嗑着瓜子，嚼着橄榄，地板上很快就被各种各样的果皮堆满；临时拉起来的电灯，摇摇晃晃地照着一群没喝酒但仿佛醉了的人们。江那边放烟花的时间似乎到了，远远地传来一声声振奋人心的声响，天空似乎被照亮了，然而我们的楼房似乎还不够高。我记得我什么也看不到，不停央求我爸找凳子让我站上去看。那些兴奋的大人似乎也没看到什么，他们说“在那边在那边”，一会儿又互相试探“看到没有看到没有？”然后似是而非地辩认着，最后一个个都像看了一出大戏似的，在深夜又推推搡搡地各回各家了。

那时我们真喜欢过年。拜年时会盯着别人家的糖纸想入非非。有一种糖的甜味，真是惊鸿一瞥，创造出一座未被命名的果园。有亲戚家买了这种糖，以至于那个亲戚给我最大的印象就是她家装糖果的那个果盒。吃糖的时候我感到周围都被调亮色阶，我吮吸着，辛苦地回忆它到底来自哪一种水果的灵感，也捕捉着它带给我的各种愉快联想。它在嘴里慢慢融化，最后消失，而那些联想却迟迟未曾隐身。

父母不会轻易动怒，因为如果在新年动怒，意味着一

年都难以和睦。他们忙成一团却和颜悦色，容忍我们无所事事，装作忘记寒假作业和刚过去的寒碜期末考成绩。其实，也不需说那么多，仅仅因为可以穿新衣服这一项，我们就很难不爱过年。

但是那些年流行的衣服非常雷同，偶尔有一点细节上的区别就令人把玩再三。那点区别，无非是裤腿上绣某个动物或者钉两道边边这样的区别而已。有时候几个小伙伴都撞衫了，但那时候没撞过衫，就无以语时尚。比如有一年流行蝙蝠衫配健美裤，那么，过年时候，作为一排上宽下窄的少女中的一员出现在街上，我的内心是骄傲的。

有一年，大概还没上中学吧，大年初一，我和娟娟站在门口聊天。我依稀记得，地板上还是一片红红的鞭炮屑，我们大概是嘴里含着糖，或者手里拿着瓜子，也或者我们吃腻了，只是随便聊聊天。正聊着，跟我同龄的女孩突然沧桑地叹了一口气，说："唉，新年就要过去了，好难过啊！"

我也没停止吮吸嘴里的那颗糖，只是嘟囔着问：难受啥呢，你奶奶不是明天还要带你去你二姑家做客吗？她怎么回答的我就忘了。

可后来我偶尔，会想到那个明媚的大年初一，那个早

一回想起以前的年，就想到院子里地上铺着一层鞭炮红纸屑。

慧而敏感的女孩子毫无来由的慨叹。越来越觉得，在一个节日的顶点，她发出的这句慨叹真是耐人寻味。

最快乐的时候，是我们在准备过年时那忙碌又充实的时候，从腊月就开始的采购、打扫卫生、预约聚餐、购置新衣，是最快乐的，就仿佛两个人走在相爱的路上，仿佛烟花正要升起，仿佛舞台正在铺展。而到了大年初一，我们已经知道是最高点。多么惆怅，如果你知道你已经走到最高点，那么就知道了失去和下坠的惆怅。

现在，在最快乐的时候，我仍然希望它不是最快乐的时候。我希望在路上，还没有最。电影《黑暗中的舞者》中的塞尔玛，她看歌剧、看电影，总在倒数第二首歌响起的时候就走开。因为那样，她就永远不会看到故事结束。

愿你不用在倒数第二首歌响起的时候离开，你的故事永远继续。

跟吃有关的浪漫

一天里有两个时候，如果被街上的声音吵醒，心里也有巨大的安定，并不烦躁。一个是深夜。喝了酒的人，大声从临街的窗外经过。被吵醒过来时，他们已经远去，夜更静了。夜色的寂静，正如身处童年的人对时光的感受：取之不竭，让人笃定。

另一个是很早很早、天还没亮的时候。上世纪八十年代末，城门外的早晨是以各种小贩摆摊子的声音开始的。猪肉贩子把手风琴一样的半扇猪，响亮地甩在案板上；卖粿条汤的、卖猪血汤的大灶呼呼烧着火。摊子与摊子之间肆无忌惮地大声说话。

有好几次，我确实被吵醒过来，看着天色不可思议地想："这么早，会有顾客吗？"一个念头尚未转完，已经像一块石头一样，飞快地沉到睡眠的底部。

因为知道还有很长的时间可以睡觉，有很长的时间可以做一切事，那时候的光阴确实悠长得有如永生。

有段时间，母亲在每天早上六点把我叫起来跑步。隔壁邻居的广播声音，“中央人民广播电台”“中央人民广播电台”……它庄严地重复，但音量被调得很小，听起来特别诗意，还有轻度悲壮。

母亲带着她提前起来煮好、装在保温瓶的粥，以及我的书包。她骑着单车，我跟在旁边跑——已经忘记当时她为什么要求我早起跑步，但这不奇怪，如果她活到今天，微信运动上居于榜首的必定有她。她认定一件事有益，就会千方百计做到，也会这样要求我。

我家住在城市的最南端，学校在城市的最北端，我们跑了全城最长的一条路，到学校附近，找个地方吃完她带来的早餐，然后我去上学，她去上班。

有时候我被强行叫醒，心里生气，跑跑歇歇。她在前面生气地骑车，我在后面生气地跟。有时候我声称不吃早餐了，这戳中她的软肋。她打开饭盒时，愠怒的脸色已经消失无踪，改成她自己都没有觉察的、希冀甚至恳求的表情。

我妈做的早餐具体是什么也忘了。基于对她的烹饪水平的了解，想必是高度营养但味道欠佳的。

比如有一段时间，她听说吃鱼头汤有助于智商发展，于是每天炖个鱼头令我吃下。又听说加盐不好，于是她非常有创意地加了牛奶和糖。那甜鱼头奶，腥得我的大脑几乎停止发育。

所以，关于每天晨跑和自带早餐的做法，也许是母亲无数创意其中一种。母亲的日常生活充满即兴节目，她的浪漫都是原创，信手拈来，既草根，又大气。

可口可乐刚在家乡小城出现的时候，有天晚上，她做完家务，用一种“跟我走，有好事”的表情把我招了出去。我们先在某个小卖部前买了两瓶可口可乐，然后又来到胡荣泉夜市，这是城里吃消夜最繁盛之处。人们多数蹲在地上做买卖，旁边点着煤油灯。有卖狗肉的，食客坐着矮小的竹板凳，就着昏暗的灯光，啧啧有声地咂着，似乎是昏暗的煤油灯光使狗腿肉更美味了。卖牛肉丸的，一锅肉丸在汤里浮沉，旁边除了食客之外，还有人不吃，背着手在观赏，仿佛看着人吃也能过瘾。

母亲不知从哪里买到（或者变出）一个鱿鱼干，在某个她相熟的店子里，用煤油灯烤了起来。很快，鱿鱼身卷起来，发出触及灵魂的浓香。鱿鱼之香，带着哺乳动物肉类无可比拟的穿透力，在夜市各种食物的群香之中，脱颖而出。

这才知道母亲买可口可乐的原因。在她的指导下，撕一小片烤鱿鱼，慢慢咀嚼，再一大口可口可乐畅饮而下。平生第一次喝这种浪漫的饮料，热烈的气泡噎得直打嗝，打的嗝又带烤鱿鱼浓烈的腥香。我被这神奇的体验弄得又享受又狼狈，母亲则在旁边笑吟吟地看着我，仿佛我是一个初尝烈酒就展现了惊人海量的男人。

多年以后，对各种食材的任性搭配和大胆尝试，仍是我与小儿家居生活中重要的乐趣。当我们制造出各种可怕的食物效果，像水泥一样的“面泥”、硬得可以砸狗的鸡蛋糕、足以诱发密集恐惧症的芝麻炒饭，小儿拍掌而呼，我得意洋洋，我总觉得，母亲在我身上部分复活了。

那是她留给我的好东西之一。草根式的浪漫，百无禁忌的想象力和行动力，自己都没有觉察的、日常的幽默感。直到她病重、去世前不久，留在我记忆中的，仍有她独特的幽默。

有次在病房里，我在看一本画册，叫《中国一百儒士》。她要过来，仔细翻了很久，最后她把书一丢，不屑地闭目养神：“那里面怎么没有你啊？”

还有一次是在老家，舅舅打来电话，问我们在哪里。

妈妈那时连说话都有点困难，但她仍然气喘吁吁地，尽量清晰地回答："我们在法国，巴黎。"

实话说，我没有多少往事可以回忆。我的童年事件稀薄，那个混沌又懵懂的小型的自己，既记不住情节，也觉察不出任何故事。那个小型的自己，对生活的感受就如半夜被喊醒过来时看到的夜色，静止、空茫、悠长、没有尽头。

然而某个瞬间，如前文说到的——当我带着我的孩子，对我们的日常生活创造了即兴的节目，像我妈曾经对我创造的那样——我意识到，我头颅里有些内容，是她在尘世上剩下来的不多的东西。

城北地带

1

以前寒暑假回到这个城，都是在城南下车。南门一带比较混乱，首当其冲是一个垃圾场，垃圾场的对面又有一个菜市场，两者相距不到十米，彼此不嫌弃。各种气味互相致意，前一分钟才闻到垃圾场令人作呕的腥臭，下一分钟又是卤鹅店馥郁的酱香。地板上粘着标本性质的菜叶，流淌着带鱼鳞的污水。小摊贩挨挨挤挤大声地讨价还价。在南门下车，是瞬间、无过渡、无缝隙地进入了生活的核心。

最近的一次回城，我在城市北边下了车。是七月盛夏，下午四点，对于这个南方小城来说，还属于午睡时分，如果不上班，如果没有火急的事，人们几乎不会在下午五点之前到街上来。夏日午后至为悠长，是由荷叶、草席、工夫茶、葵扇、红砖地板、花露水隔离了门外的大太阳的时光。

不知跟到达时分有没有关系，我发现城北地带的气氛与城南极为不同。

除了寂静，它还整洁。地板上没有什么垃圾。多数的商铺关着铁闸门，或者躲在遮阳布后面。少数的商铺开着，稀稀落落，比如“盛记药材”“北门五金电器水暖商店”之类，店家在店里的阴凉处，躺在舒服的藤椅上。卖甘草水果的、水晶蒸饺的、炸鸡的，店主人笃定地坐在店里，眼前摆着工夫茶。有没有卖鱼卖肉的小摊贩？也有。鱼档口摆着几个泡沫水产箱，厚砧板在旁边，猪肉店的小风扇在案板上转着，似乎都比南门市场静态。

它不像南门，一下子进入火热的生活。它似乎是生活的前奏。

听老人说，自古以来，城北一带是富贵人家多一些。官府设在城北，各式学校和重要的机关单位都在城北，城北还有重要的产业。一路走来，有着当时兴旺的皮塑厂（现在变成物业管理部门），当时热闹的织布厂（现在是菜市场），当时的铝制厂、制锁厂（现在有的变成客栈，有的闭门闲置）。

但南门一带没有这么多的“单位”。住城南的人，以手工业、个体户为主，都是社会下层人民，生活质量反映在环境上，除了路口首当其冲的垃圾场，以前据说还有一个煤厂，大风天里，空气中都有煤渣子。所以关于南门地带，有一句乡谚说得残酷：人乌地粗，所出人奴。

2

童年时代不曾出过小城的人，从城南到城北去，就等于是一场小型的旅游了。

我姑姑家住在城北地带，姑丈是一个重要部门的管理人员，她家的房子是单位分的宿舍。我像多数的小城孩童一样，把“上别人家做客”视为节日，而做客的最主要去处，就是由祖母带着去这个姑姑家。

要说房子的漂亮程度，倒是不好比较。我家是老房子，有着花木繁盛的天井和外埕、高大的门厅和屋檐，光线阴翳，有古老的气氛。姑姑家却是楼房，进门就是客厅，家里小巧玲珑，明窗净几。因为风格不同，姑姑家对我来说很新鲜，姑姑家人员简单，生活细节处处雅致。

比如我家的桌椅都是常规而巨大的，而姑姑家有一张非常小巧的圆桌——小巧到什么程度？甚至可以把它塞到床底下去（以前的床很高）。

那张小圆桌的起源我听姑父讲过，首先是来自中间那块玻璃。

当时，小城里有个打火机厂。打火机厂收购了一些旧轮船上的旧材，作为配件原料。这块玻璃原为旧轮船上的一块窗玻璃，又厚又硬，异常结实，一时用不上，就在打火机厂里闲置了下来。

打火机厂属于姑父所在的单位管理，有一天我姑父来打火机厂办事，看到这块闲置的玻璃，心生喜欢，就拿了回来。拿回来做啥用呢？他一时也没灵感，于是他又带着这块窗玻璃，来到了木材厂。

找到一个相熟的木工师傅，姑父请他帮自己设计一个家具。随便什么家具都好，只要把这块玻璃给用上。然后另付材料费和手工费。

找到的这个木工师傅非常手巧，他把这块玻璃用作小圆桌的桌面，四周再镶上厚厚的木边，再配上敦实的桌脚。玻璃的晶莹，木材的厚重，组成一张质感丰富的小型茶几，是任何人家都没有的一件独特家具。

很难不喜爱这件家具。也许出于爱惜，姑父在上面放置了一盆塑料花，是大朵的牡丹。我坐在它旁边，它的高度正适宜童年的我。我想到桌面这块玻璃曾经是轮船上的一扇窗，于是家常中更添奇幻。

3

另一件动人的家具是高低柜。

彼时家家户户都有一只，低的那一边上面可以放一台电视机，电视机上还罩着一个布罩子，布罩子的左上角还有一个花仙子的图案。这几乎是每家的标配。

高低柜高的一边是木板门，里面可以放杂物；低的一边是玻璃门，讲究的在里面放摆件，不讲究的也放杂物。

姑姑家当然属于讲究的，这个玻璃门里面的摆件，我每次都要看很久。只能看着，大人不让小孩碰。

我用眼光摩挲它们，心里希望姑姑能看出我无声的艳羡，把其中一个送给我。比如有一个，用珠子缝结成一条金鱼，因为小，而有惊人的精致。我凝视它时内心戏很多，一会儿想着，如果姑姑把这个送给我，我一定会珍藏到成年，不像别的东西那样不知不觉地弄丢；一会儿想着，这么美的东西姑姑不可能送给我，姑姑不会相信我会爱惜。

摆件里面多数是瓷器，因为吾乡彩瓷甚为出名。而瓷器里，最常见的则是花瓶。我现在能懂得那些花瓶的形制，大概是灯笼瓶、蒜头瓶、冬瓜瓶、纺锤瓶、水滴瓶，还知道它们在技术上采用了粉彩、工笔、描金等工艺。

当时当然不懂这么多术语和技艺。凭着本能，非常仰慕其中一个小小蒜头瓶。蒜头瓶的意思是，瓶子的底部像一颗大蒜，瓶身非常细长。这个形制相对少见，名称虽俗，实物特别优雅。那个瓶子是玉绿色，表层的一层釉让它看起来像真正的玉一样。姑丈有一次拿着这个蒜头瓶放到灯光下，给客人们看光照下的瓶身，说，多薄的瓷。

还有一个花瓶，祖母说，是祖父送给姑姑的，大概是家里最古老的一个瓷器了。瓶身上画着松树、仙鹤、梅花鹿和蝙蝠，寓意福禄寿三全，花纹谈不上特别，只是尤为厚重。这个其实不是花瓶，是以前用来装“纸煤”的，那是旧时代一种特有的打火工具，此不赘。

除了花瓶还有花篮。花篮里面多数是菊花，要用到一种工艺，叫“菜头丝”（菜头就是萝卜），顾名思义，就是又薄又长的意思。长寿菊往往需要这种技艺。

另一种常见的瓷器就是神仙塑像，比如八仙过海。八仙的面部表情似乎都有点喜感：何仙姑有些英气，而韩湘子却颇为妩媚，不管是男是女，都是弯弯的眉毛细又长，眼睛也是又细又长，然后满面红光。

但美人瓷就不同了。美人瓷，我想，应该是一双满怀爱意的手做出来的。

很多女孩子在少女时代都爱画美人图，工笔细致到头发丝，豪华点的在白纸上画，简陋点的用作业本背面画。在自己身上实现不了的美，都实现到一个纸上的完美女性身上去。

手特别笨的、实在画不了美人图的女孩子，也很难没有对美人的向往。这种向往轻易地被美人瓷勾引出来。

美人瓷，其实就是陶瓷做的美人塑像，很多人家里都有。像我们家，尽管给妈妈留的空间不多，妈妈还是精心收藏了八美像（就是八个无名的美人）。我到广州定居的时候，妈妈竟然把她收藏的八美像，一个个用报纸厚厚地包着，间以旧衣服之类，装在行李箱里，毫发无伤地带到广州来送给我。她认为这八美像能让我广州的家里蓬荜生辉，可成年后的我只觉得她们烦琐累赘又土气。

当然，童年时绝不觉得土。岂止不觉得土，简直是神迷目眩。姑姑家有几个美人瓷我不记得，大概两个是必有的，一个是赏花：美人手托腮帮子，仿佛思考着

"花美还是我美"的哲学问题；一个是揽镜：美人正襟危坐头脸端庄，对镜子里完美的自己表示满意。

我采访过一次彩瓷工艺师傅，师傅们多强调当年的工艺跟现在不同。比如美人的衣服，现在是用贴花，而当年，则是老老实实用的粉彩，又比如手部的细腻程度，也远超出今天的制作。语气里，多有厚古薄今的意思，我想，那大概是一种情感上的留恋。

技艺方面，不好妄谈。美人的表情，却确实能看出年代的差异。当年的美人像，表情总是比现在的要更凝重、更婉约，体现着上世纪八十年代男女老少的普遍审美。

一本非常好看的英国游记《三人同舟》里面，有无关紧要的一句话说：我们现在挂在墙上作为装饰品的老宝蓝瓷器，也只是几个世纪以前最普通的家用器皿而已。

没错的，当年那些美人瓷我要是留下来，等到我孙子那时候，也就值老大钱了。

4

在城北地带，还有一些高大上的商店。比如卖钟的"上海钻石牌落地钟"，比如百货公司，比如卖衣服布匹的商场。我们上高中的时候开始出现花布连衣裙，拥有花裙子的人并不多，如果有，它们很可能来源于这个店子。

裙子就是一个人的远方，尤其是花布裙子。这是一种浪漫的服饰，每一种花式都让你想到不同的气氛和场景。有一些让你想到春天的早晨，有一些让你想到夏季的黄昏，有一些让你想到大海，有一些让你想到热带雨林，有一些则想到了俄罗斯的秋天。

但毕竟，物质并不丰裕的年代，要做一条花连衣裙是奢侈的事。多数的女孩子也就只能偶尔结伴来这家店子里，对着柜台里的花布比比划划，互相参谋着，这一块的花式适合你，或者那一块的花式不适合。

还不能经常来，毕竟，光看不买是招人嫌的。

这个商店现在还留着，只是规模看起来似乎比当年缩小了十倍。店面也变得狭窄寒酸，我看到它，心情有如看到美人迟暮。

铁门板上用红色油墨简陋地写着“军优棉被，被单布料”，门框上甚至还留着当年的广告，“上海爱建西服厂，潮州市纺织公司北门市场专营”，下面留了电话号码，还留了“电挂”号码。

踏进门来，墙上的标语和宣传画也还是当年那些，画着一个脸型丰满两腮鲜红的卷发女性，旁边写着“愿您花枝招展，愿您青春常驻”。另外还有一块显眼的木板写着“服务公约”，那是最有时代感的东西，黑色墨水手写体，共有十条：

1. 商品陈列要美观丰满
2. 店容店貌要清洁卫生
3. 接待顾客要主动热情
4. 介绍商品要耐心周到
5. 销售环节要方便群众
6. 柜台操作要准确快捷
7. 老少顾客要一视同仁
8. 买卖公平要明码标价
9. 老弱顾客要优先接待
10. 顾客选购要当好参谋

我仔细地阅读了这十条公约，对最后一条尤为赞赏，默默思索半天。

至于柜台，写着的布匹分类也是当年的分类，有的是“的确良花布”，有的是“涤棉花布”，而那些当年能让我们想到远方的花布，现在主要的作用是用作被套和床罩。

店里如门口广告所示，现在以卖棉被棉胎为主。棉被不是按件数卖的，是按斤数卖，写着“全棉军优被，用过的都说好”。店主是当年的条柜组长，他说当年作为国营单位的这个商店共有四十多个员工，后来制度改革，他和太太就承包了下来。

我在这个曾经很浪漫、如今因不合时宜而变得凌乱古怪的地方流连了好一会儿，终究没有买回一点什么。

不知从什么时候开始，我成为几乎不恋任何物品的人。所有的东西，在它们消散之前，我已经在内心做好告别。

我不打算拥有什么，这不是因为我戒除了贪婪。大概只能说明在我的内心，觉得自己的生活是临时的。

想到这一点，便发现那曾经恋物的童年少年时代，曾为一些物品神魂颠倒的彼时，或许才是真正天长地久的生活。

在彼时，我曾经拿出来的爱如此细致，细至一樽瓷器的头发丝，细至一块花布某个花瓣的弧线。

在江边

江声浩荡，自屋后升起

1

小学时的暑假，每天中午，都是在假寐中等父母上班。虽然有时假寐会变成真睡，但父母开门、搬单车的声音，总能让我从睡眠中清醒起来，然后我就迫不及待地爬起来，带着半个身子半边脸的草席印子，悄悄地溜到邻居娟娟家。

娟娟和我同龄，是我人生中第一个闺蜜。我们的友谊又持久又脆弱。

她是大人口中的“人精”，聪明——聪明而傲慢。我则痴愚而暴躁。她的傲慢总能激怒我，我们三天两头地吵架，偶尔还打架。有一次打架我还在她手臂上抓了一道血痕，还有一次她往我的一条手帕上吐口水。我气得把自己最喜欢的另一条手帕扔进了阴沟，再也找不回来了，这样我等于失去两条手帕（现在我也不知道自己怎么想的）。

总之我们没完没了地闹矛盾，但往往过不了一天，我又耐不住寂寞讪讪地去向她示好。

好的时候，我们就争分夺秒废寝忘食地约会，但“相见亦无事，不来常思君”。我们在一起，除了打扑克、抓石子，最经常干的就是坐在地板上，翻来覆去把玩一些“收藏”。我们收藏糖纸、树叶、手帕、碎布、珠子。

装珠子的铁盒，就是最重要的身家了，每个盒子打开瞬间的华彩，真的是语言不能形容的：雍容典雅的圆珠，五颜六色的小碎珠，相对廉价的竹节珠，还有锥形、菱形、水滴形状的现如今回忆不出名字的各种。单薄的“镜片”最不起眼，就像现在花店里的“满天星”，作为点缀不可或缺。最珍稀的就是大圆珠，那是奢华的，可能是每个收藏珠子的小女孩心中的极致梦想。

看潮剧的时候，大人们对着剧情或喜或悲，我们，只看着女主角的头冠上那颗硕大的大圆珠。那么大、那么大、那么大的大圆珠，不知要多少钱才能买到这样一颗大圆珠。要是能在我们卑微的手里轻轻地把它握住，想象一下，是一种非常充实的手感。手里一沉，凉凉的，轻轻摩挲，滑滑的。然后再张开手，托着它，迎向阳光，见它闪出柔光……爱情也不外如此吧！我们八岁时就懂了。

再说我和娟娟坐在地板上把玩我们的收藏。我们总是把各种珠子有节奏有规律地排列，穿成手链或项链，在审美疲劳来临之前又把它们拆掉。或者把种种糖纸按自己定义的类型分类，每一张都压得平平整整的，每一张都有情氛各异的画面。有时候，我们也会郑重地端详它们，两双爱慕的眼睛，一起观赏它们在阳光里变幻的色彩。

在《西游记》里，石猴刚出世时，一群猴子在一起玩的时候，也玩了类似人类童年时常玩的游戏。在吴承恩的笔下，是这样描写那一批猴子们的生活的：

> 那猴在山中，却会行走跳跃，食草木，饮涧泉，采山花，觅树果；与狼虫为伴，虎豹为群，獐鹿为友，猕猿为亲；夜宿石崖之下，朝游峰洞之中。真是“山中无甲子，寒尽不知年”。一朝天气炎热，与群猴避暑，都在松阴之下顽耍。你看他一个个：跳树攀枝，采花觅果；抛弹子，邷么儿；跑沙窝，砌宝塔；赶蜻蜓，扑八蜡，参老天，拜菩萨；扯葛藤，编草帓；捉虱子，咬又掐；理毛衣，剔指甲；挨的挨，擦的擦；推的推，压的压；扯的扯，拉的拉，青松林下任他顽，绿水涧边随洗濯。

抛弹子，邸么儿，就相当于我们小时候玩的丢石子的游戏。跑沙窝和砌宝塔则类似于我们小时候玩的跳飞机。扯葛藤编草帏则类似于用凤仙花瓣染指甲。

我们还给巷子里的几块石头分类，认为哪几块是幸运的石头，哪几块是不幸的石头。如果不小心碰触了不幸的石头，会被像避瘟疫一般地躲避，因为倒霉会传染。但可以靠吐口水、闭眼睛“做诀”来解除不幸，可以在每块幸运石上站立一番，双手放置头顶，口中念念有词，祈求厄运解除。

说起来也挺忙的。

当然还有其他各种游戏。比如说，从一条巷子一直闯到很远很远的另一条巷子去，因为那些巷子总有某些地方是相通的，哪怕相通处是一截断墙，也是可以走的。又比如捉一些蜗牛让它们比赛谁爬得快，这应该是今天男人们“赌马”的前身，大概这里面有很深的水吧？

2

我们之间有各种领域的攀比。

比如说有一年的六一儿童节，我爸出差回来给我带来一盒泡泡糖。虽然那个时候，街头小店已经有“大大泡泡糖”出售，但跟我爸买给我的泡泡糖相比，“大大泡泡糖”就显得很低档。首先，它入口是硬的，不像我爸给我买的初一入口就很柔腻；其次，大大泡泡糖嚼起来很粗糙，所以吹出来的泡泡也欠缺弹性，很容易破。总之，从糖体本身的质感，再到泡泡的体形大小、成泡难度、持久时间，我爸给我买的这种泡泡糖都让我体会到不可辩驳的优越感。

最近我在某一家便利店无意买到一种口香糖，口感很像当年我爸给我买的泡泡糖，牌子叫“弹立方”。随便说一下以示怀念，不是广告。

娟娟感受到我的优越感，但她难以反驳，她也很喜欢我这些泡泡糖，难以拒绝我的施与。当她满心喜悦地吹出一个比我的更坚固更持久的泡泡的时候，她就要忍受我带着赐与者居高临下的语气问：“外地东西质量就是好，对不对？”在糖的甜味和自尊的苦涩之间，她发酵出了很多愤怒。

那段时间，她吃了很多糖，吹了很多泡泡，强忍了很多愤怒。

有一天娟娟来找我，穿着一条特别漂亮的裙子，裙摆非常奢侈地由八片布组成。只要她小幅度旋转一下，那八片布组成的裙摆马上就殷勤地展开成一朵花的模样，把她亭亭玉立地烘托在中间。

她突然成为少女。

她说那裙子是她爸爸出差去上海的时候买的。

我很羡慕。我爸爸什么时候才能出差去上海呢？

真的，我好盼望我爸爸出差，天天出差。爸爸在家里的时候，每天中午监督我午睡，如前文所述，我总要在焦虑的假寐中竖耳朵等待他开门去上班的声音。如果爸爸哪天休息在家，我就完蛋了，我要在他的要求下写毛笔字、练琴、安静地阅读，忍受着娟娟家或者别人家的房间里传来电视剧的主题曲——《射雕英雄传》啦，《星星知我心》啦。

有一段时间爸爸每天中午上班前，还特意留出半小时的时间教我认识黑白键盘。我真是心急如焚。我一点也不想成为一个优秀的人，我只想赶紧去和娟娟约会，如胶似漆或者勾心斗角。爸爸觉得这种友谊很低级，他认为和任何人玩都很低级。为了让我待在家里，他甚至自制了整一套知识卡片，订了各种杂志，上班前他布置“作业”，要我看完多少，下班后要检查。他一定有某种执念。在他年轻的、刚拥有女儿的那些年，他对于女儿应该有个什么样的人生，一定怀有某种执念。

他却不知道，我只希望他出差。

爸爸出差的时候，妈妈会允许我和娟娟在巷子里疯玩很久。妈妈会出于天性里的浪漫，允许我有一些草根的幼稚的娱乐，她自己也会参与这类娱乐。比如说，她会带我到街上去买一点零食，可口可乐、烤鱿鱼、甘草水果、花生糖……

念力太强，爸爸果然出差了。这一次他出差的时间很长很长，长到什么程度呢？这么说吧，长到我几乎忘记我有一个爸这个事实。

我们家里有一台缝纫车，打开的时候是缝纫车，不打开就是一张桌子。妈妈每天吃完晚餐就洗碗洗衣服洗地板，把所有的家务干完了之后，就点着蚊香用缝纫车缝衣服。有一天晚上，她没有踩缝纫车，而是趴在上面写信，我无意地路过，看到那是写给爸爸的信。

我觉得这个情景很美又很忧伤，鼻子都酸了。但并不是想念我爸，而是觉得“爸爸在远方出差，我和妈妈妹妹在家里相依为命地生活着”这个想象很动人。

3

那次爸爸出差的时间真的很长，妈妈就把我送到外婆家住了一阵子。

我们那座小城有条很出名的江，外婆家就在江边，因为外婆和舅舅是港务所的员工。

港务所的宿舍是一个谜阵。首先洗澡的地方是一排排的公共浴室，厨房在一楼，吃饭就用厨房里简易的桌子，厕所也在一楼，房间却在二楼。其次在我外婆家两个卧室之间，要间隔着很多别人家的功能不明的房间。在幼年的记忆里，走廊尤其曲折漫长，每天在我们吃饭、睡觉、洗澡、上厕所、收衣服这几件事之间，要走很多的路，要经过很多很复杂的地形。

江边的童年和古城里的童年也是完全不同的。比起在古城的巷子里、院子里玩珠子收糖纸的时光，江边的生活奇幻有如异域。

清晨很早很早的时候，总有女人拿着一盆衣服在江边乒乒乓乓地洗，傍晚很晚很晚的时候，也有女人拿着一盆衣服在江边乒乒乓乓地洗。她们是沉默的、匆忙的、劳累的。如果开口，多数是粗声粗气、骂骂咧咧，比如管理和训斥着自家小孩。

那时候（上世纪八十年代初）江上还有竹排，漂过的时候排工会大声调戏江边洗衣服的妇女，妇女就更加泼辣地骂回去。我们并不懂得那是调戏，只觉得那些妇女一开口就是骂人，要么骂过路人，要么骂自家娃。

码头是一个非常神奇的地方。从江的上游来的货船在这里卸货、交易。江的上游是山区，船只带来姜母、柚子、煤炭、竹制品、杉木这些山区特有的物品，然后，又在这里买走蚊帐、肥皂、毛巾、牙刷之类的日用品（大概是小城丰殷而山区稀缺的物资）。一种赶圩的梦幻气氛让围观的孩子肾上腺素陡增。

居住在城里的人们有安稳的气质，住在江边的人们有漂流的气质。这里多数是船员的家属，或者是从韩江的上游到这里来做生意的异乡人。一个汇聚了各种异乡人的区域，连语言的发音都跟城里人略有区别。走江湖的人，在码头的空地上拍胸锤腹，表演各种碎石武功，再展示他们祖传的跌打膏药；从江西来的耍猴者，带着他的猴子展示着奇巧的技艺；不知从哪里来的摆着棋盘残局的人，以一包烟的筹码在等待着对手；还有周边各个乡村过来的贩卖木柴、菜蔬者，甚至有人牵着牛，也从这里经过。

木材
公司

客运站

江边的孩子也比城里的要野一些。且不说出神入化的游泳经验，往往还能从堤上直接滚下来，环境的便利造就了民间滑草高手。他们还能从过路的汽车上打主意。当时蔗糖厂建在城外，所以常有汽车载着一车斗的竹蔗从江边开过，其中有一段上坡路，车子速度变慢，江边的男孩们会从车子后面神不知鬼不觉地扯下一根根竹蔗。

4

在记忆里，声音比图像更加清晰。

一天里的每个时间段，声音是不同的。

黄昏时的声音层次是这样的：很多货船渐次靠岸，机器声由“轰隆隆”转成“突突突”，你知道它们速度骤减。船上的人会高声提示游泳的人或者岸边洗衣服的人注意避让。然后，是船员把船头粗重的铁链一圈一圈解开时，滞重的“哗啦啦”声；紧接着，是铁锚抛进水里时，低沉的“咕咚咕咚”声，像巨人在喝水。

在夜晚，声音层次是这样的：火船靠岸的时候，先是发出一阵阵有节奏的“突突突”的声音，然后，是一声悠扬的长鸣，之后便是辽阔的安宁。但并不是完全的沉静，隐隐约约还有船员们在聊天，他们的说话声被夜色处理过，再粗声大气也非常寂寞。除了这些声音，还能听到小渔船趁夜出来捕鱼，木桨划过水面，水声非常温柔，还能听到从远处开向更远处的大轮船，那声叹息一般的汽笛声。

就这样，江声浩荡，自屋后升起；夜晚连着清晨，犹如永生。

5

并没有什么故事。有一天，妈妈下班来接我的时候说，我们要回家了，爸爸出差回来了。

我有点回不过神来，我完全玩野了。当然也已经忘记了和娟娟时而蜜里调油时而明争暗斗的复杂关系，也忘记了那些曾让我魂牵梦萦的收藏。前面我还说，想象着握住一颗珠子的感觉有如爱情，但这会儿我就忘得光光的了，可见人性到底是多么薄情。

然而小孩也做不了主。我闷闷不乐地坐在妈妈的单车后面，听凭她带我回家。在单车上妈妈生气地批评我，说我垂头丧气昏昏欲睡，像个“鸦片烟虫”。她老喜欢用这个词批评我，她恨不得我一天二十四小时里都挺胸收腹，用播音腔说话。

她又说，爸爸这次回来，给我买了一件非常好的玩具，是一套全城小孩都不会见过的积木，非常复杂，可以拼造出城市各种建筑物的样子。爸爸是建筑师，这套玩具符合他一贯望女成凤的心愿，又加上了他的职业特色，回想起来，应该是如今“乐高”的雏形。但那套玩具后来也只沦为我虚荣的炫耀资本，我并没有通过它学得什么。

坐在妈妈的单车后，我想着我的心事。我的人生仿佛被江边这段时光打断，乃至要回古城里去了，我的心情有点像个归国华侨，陌生而沧桑。

当然，也忘记了很久没见过爸爸之后再见面是什么场景，不知他有没有惊喜，我们聊些什么。

我只记得，回到家里，缝纫机上堆满礼物和用品。一只在当时非常著名的不倒翁洋娃娃，红白相间，由头部和身体两个圆球组成，眼睛比嘴巴还大，恒久地微笑，恒久地甜美，正在那里轻轻摇摆。

临时的生活

很想写写我在江边听到的那些谚语。它们生猛、幽默、汁液淋漓，可是一旦被我转换成普通话，写成书面语，瞬间呆板无趣，信息量和韵味都荡然无存。这个时候我便很沮丧，因为一个词汇而感到整条表达渠道的阻塞。我想起船夫们说起这些谚语时那种快乐得近乎傲慢的神情，因为词汇的隔膜，旁观者我，进而感到氛围的隔膜。

江上的人与岸上的人大概是用两套语言体系。他们因此也用两套情感体系。谚语只是一个空隙，更多时候他们用大笑，用推推搡搡，用骂骂咧咧，用极含混的典故，表达我无法翻译的生活。

他们喜欢与色情相关的谚语。描述世界上的好事物是，长船短马矮女人。至于你问矮女人到底怎么好法，他们则给予语焉不详的几种解释，你完全有理由相信，那是他们自己一知半解情况下的再创造。而他们描述世界上最惨的事物，则是：一惨担鱼崽，二惨撑杉排，三惨亩两个。

鱼崽是鱼苗，为了让水里氧气含量高，担鱼苗的人要不停地晃动身上的水桶，自然辛苦且惨。撑杉排的辛苦，我先按下不表。而三惨就有趣了。“亩”在吾乡意为老婆，拥有两个女人被船夫们认为是第三惨的事，这倒与某种流行的炫耀型男性心理有所不同。我诚恳采访说这句话的船夫到底怎么想的，他把抽剩的烟头往地板一扔，一边用脚踩灭，一边做了个类似于赶蚊子的手势：“有两个女人，当然很麻烦，白天要吵架，晚上又要争。”

吾乡对女性的歧视，随处可窥。有谚描述女人这种生物：“未娶时觉通乡皆好，结婚后嫌一个都多。”那种摇头叹息的无奈颇有几分喜感。本来我应该在这里做点批判，但若换种游戏思路，这句谚语里，这滑稽的苦恼，也未必不是女性的胜利。

还有很多谚语，自嘲自黑地描述江上生活。他们常拿船民和农民进行比较。比如说，“种田白一圈，行船全身乌”。吾乡四季如夏，农民多数时间只穿一条裤衩在烈日下劳作，所以全身上下只白一圈。行船的人连那条裤衩都省了。不仅因为随时被江水打湿，三十年前，吾乡撑竹排的行船人总是独来独往，茫茫江面，天地之间，偶尔才能见到另一个行船人，就算两船交际，也只是隔着江水遥喊一句，没必要为这擦船而过的瞬间特意穿整天的衣服。

这事有种接近凛冽的诗意。我想，在船夫之中产生诗人的比例，会比在农夫里产生诗人的比例更高。农夫们悠然见南山也好，草盛豆苗稀也好，农家腊酒浑也好，隔篱呼什么也好，都很难比得上赤身裸体站在船头，终日只见天地一沙鸥的况味。

关于这种孤独感和临时性，使他们创造出很多类似的谚语。比如：“拉尿在江面，有食则无欠。”既然全身一丝不挂，撒尿在江面也好理解；有吃则没欠，则不仅是形容物质上的拮据，更是及时行乐的精神。吃了这一顿，谁知道下一顿在哪里呢？所以这一顿，必须用尽粮食和胃容量。

他们说，人生最大的遗憾是，人死了钱还在。他们对家庭生活带有轻度抗拒，说“那就像刮台风一样”。而我采访的李大哥，五十多岁的时候花八万元从邻村买来一条船，自己一个人住在里面。他家其他人则住在与他一堤之隔的村子里。李大哥的船上有床有沙发有厨房，有空调有电视有音响，坐在上面除了偶尔感到一阵因为船身晃动而起的眩晕之外，跟一套房子并没区别。至于他为什么不回家里去住，他说，和家人生活就像刮台风一样，而现在是台风停了。

他们形容种田人的家庭生活是，“日双夜也双”，而行船人的家庭生活则是，“半夜如托梦”。这简直是吾乡船家《诗经》。

行船的人，性格跟农民也是不同。农民们年头播下种子，年终成收，必须有眼光长远的打算。他们对生活培养了耐心、信任，所以农居生活总有静好的美学核心。行船的人，是动荡的。世界仿佛刚刚产生，又仿佛随时消失。他们懒惰，但也可以说是今朝有酒今朝醉的潇洒。他们仿佛为生活所迫，却又逐渐内化为个人气质，似乎也是禅意。

甚至连样貌、走姿、说话习惯，船夫和农民都是不同的。船夫黝黑粗俗，他们是江上的吉卜赛人，他们把货运到另一个地方，在那里贩卖产品的时候，也会留意着有没有可能带回一个异乡女人，成为跟他一起漂泊的妻子。为了让谈判的过程更加漫长，他们把谈判过程中烧水用的火炭悄悄用水浸过再晒干，如此一来火苗难旺，他们得以长时间地注视那个卖杉木的男人家里三个矫健的女儿。

他们走路的姿势也不一样。习惯船上生活的人，与习惯土地生活的人，对走姿的要求有所不同。船夫们习惯光脚走路，哪怕拖鞋就在旁边，他站起来时也漫不经心地把它们踢开。他们脚步凌乱，毫无章法，但却沉滞。

每个地方的人走姿是不同的。这不是我的观察，是以色列作家奥兹的观察。他说，在特拉维夫和在耶路撒冷，人们走路的方式不一样。在特拉维夫，人们健步如飞，整座城市像只大蚱蜢；而在耶路撒冷，人们走路的方式像在参加葬礼，或者像听音乐会迟到，先踮起脚尖，测试地面，一旦放下脚，他们就不急着前行了。

吾乡除了江，还有一座山叫凤凰山。常听老人说，凤凰人在大街上走，看姿势也能认得出来，因为他们的脚抬得比城里人高。为什么？因凤凰山路坎坷，起伏不平，走习惯了。城里人行平路，抬脚离地只需要两公分就够了。

至于行船人的走姿，又与山里人不同。这走姿，苏童很具体地概括为：外八字。他在小说《河岸》里这么写：

> 他们从小在船上长大，脚步时刻受到船舷的限制，在船上走久了，把自己的脚走成了外八字……我得了外八字大脑综合征了，连傻子都清楚河流与土地的区别，我的外八字大脑却把河流与土地混为一谈，它向我的双脚发出小心谨慎的指令，小心小

心，双脚用力，踩稳地土，提防土地摇晃，提防道路波动，提防暗流，提防漩涡……

苏童写的船工们，生活在船队里，与岸上的人们是两个截然不同的群体。而吾乡撑竹排的船工们，则是独来独往的个体。苏童的船夫们，这外八字的走姿是一种提防；对于吾乡的船夫们，这外八字的走姿，则是一种放纵。

苏童的船工生活是一种困守："我低头看见舷下的河水，会觉得自己被千年流水困住了，我看见岸上的河堤、房屋和农田，会觉得自己被河岸困住了。"

而吾乡的船工则是一种挥洒。甚至，我觉得，是隐喻。

那在漂泊和行驶中进行的、临时的生活，也许是生活本来的样子。我们都不知道哪一次见面会是永诀，我们也不知道自己的日子是否已经来临，而我们还是活着，一事无成又全心全意地，见风使舵又用尽全力地，活了下去。

江上是全世界的童年

每逢和外地的朋友说起童年，我很羡慕那些在山区乡野长大的人。越乡野越让人羡慕，讲述起来充满异域色彩：田野小溪中摸鱼虾，大海礁石里捉迷藏。

但我的童年，似乎少了一座山，一片荒野，或者一片海。

我生长在一个很小的古城。巷子、自行车、小卖部、旧书店、左邻右舍，这些平淡的事物组成一个典型的小城童年。叙述起来总觉得过于静态，过于家常，就是不能震住猎奇的外地人。

但有天我突然想起来了。古城外面，有一条江啊。

并不是每个人都能在童年时拥有一条江。这条江，春天时会涨潮，涨潮我们称为“做大水”，做大水时，江边的房子会被淹，人们要搬迁。江边城墙门要关起来，城里的人们会到城楼上看大水。

退水时，江边的人家彻夜不能睡觉，要趁水未退尽把墙上糊着的江泥清洗掉。那江泥又黏又厚，满墙都是，难以形容。

总之，每年做大水的几天，全城为之疯狂，大人一头烟，小孩则没心没肝地兴奋。光是做大水的盛况，就足以让外地的朋友惊异：

人们纷纷走到城楼上看大水。大水是咖啡色的，带着从上游冲下来的各种垃圾，多数时候是木材，有时候是一些破破的家具，比如斗柜、脸盆架子，有时候是一只鞋子，当然是一只了，你难道看过一双鞋子系在一起被洪水冲下来的？

闻者无不露出羡慕的样子，于是我也会开始吹嘘一些我听来的但并没有真正看到过的情形，比如说：

洪水里还有什么？还有各种动物的尸体。死鱼死虾这些都太普通了，蛇也有，水里漂的死猫死狗也有，甚至还有人的尸体呢……

只是，这，似乎有点吹嘘过度了。

即使不是做大水，平时的江水也很有意思。外婆家就在江边，我在小学阶段常常频繁地寄居于外婆家，与江水虽然谈不上相亲相炙，却见识过江边孩童的典型童年。

这条江的上游是梅州、大埔等客家地区，我们称为“客顶”，江上船只会从客顶运来火炭杉木竹，然后再从这里买一些东西回去。买回去的往往是山区没有的食物，比如鱼饭。

鱼饭是什么东西？著名食客陈晓卿老师的文章《一份鱼饭的接力》里面写过：

> 鱼饭这东西，是一种典型的地域美食，非常难以运输。它本来是潮汕海边穷苦人家的吃食——因为没有粮食，只能拿腌鱼作主食。所谓“鱼饭”，就是用盐水把不剖膛的海鱼用淡盐水腌起，然后放入浓盐水煮熟，自然冷却。最常用的鱼是巴浪鱼，便宜，一拃多长。腌鱼的人每四个小时给小鱼翻个面，这样鱼肉渗下的汁水会在鱼皮内部形成一层均匀的鱼冻。那种鲜，可能是北方人一辈子都无法体验的。

要跟外地人说清楚鱼饭美味，可能要经历“夏虫不可语冰”的孤独。但装运了鱼饭的船只我不得不提，为什么呢？因为江边的孩子，会潜到船里去偷吃。

下午三四点的时候，从客顶来的船只在韩江边靠岸了。江边的孩子多数会游泳，扎一个猛子到船边，悄悄地攀到船上，湿漉漉的手迅速抓一把鱼饭，再一个猛子游离开去，妥妥的神不知鬼不觉。

除了偷鱼饭，还会偷喝点船夫在船里正熬着的汤：猫汤。客顶的船工喜欢用猫肉加赤目豆熬汤，滋阴补肾，非常好喝。

连猫汤都喝过并且是偷喝过的童年，有什么理由不能傲视人群？

其实我并没有偷喝过猫汤。偷喝猫汤的，多数是更加调皮的男孩子。有时候，他们也会因此遭报应，恼怒的船夫会用铁钳夹着烧得正旺的煤炭去扔他们，有时候他们情急之下，逃得太快，身上仅存的一条裤衩会因此掉在江中。

江边小孩身无长物，最大的本领就是游泳。他们想出各种花样游泳。那时候的小型轮船叫火船，火船后面，会带一两只小帆船，中间由一条接近十米长的绳索牵系。游泳的小孩远远看到火船开来，便冲上去拉着这条绳索跟着游，身上仅存的一条裤衩往往再次漂落在江中。

我小时候虽然看上去不男不女，但究竟还是女的。像这种偷喝猫汤导致被扔煤炭啦、拉着火船游泳导致裤衩掉啦的事情，是没有干过的。但我也有我的江边生活。

外婆住的是江边的港务所宿舍。那是一栋构造神奇的楼房，只记得，从卧室到厕所，要绕过漫长的走廊，还要下楼；从卧室到洗澡房，要绕过另一截漫长走廊，并且要上楼；至于从洗澡房到厨房，同样要绕过漫长走廊，还要从三楼降落到一楼。至于客厅，对不起，那时候我不知道一所房子会有客厅这种配置。

那栋黑黢黢东弯西绕住满了人的房子，回想起来如梦如幻。冬天的早晨，外婆提着桶去江边洗衣服，我和表妹拿着零钱买两个油饼当早餐吃。油饼是用报纸包着的，油汪汪地洇着。很烫，我们两只手轮番颠着吃。

夏天的时候，外婆洗衣服的时间便由早晨改到了傍晚。傍晚的江边全是洗衣服的妇人和游泳的小孩，人们边洗衣服边大声拉着家常，孩子在水里欢跳。但千万不要以为这情景有多么温馨，那些刚才还大声拉着家常的人，转眼会因为你不小心拿了她的肥皂之类的小事就吵起架来。

那时候，江边还会放露天电影。

电影是航务局免费播放的，在江边停靠的轮船上挂上银幕，晚上七点左右，正好是夏日的一天里风开始凉的时分，电影开始了。人们搬着板凳，趿着拖鞋，吹着江风，看着屏幕上已经放了几百遍的《渡江侦察记》，小贩在人群边上卖糖果，卖“土地雷”（一种极简陋的爆竹，小孩喜欢玩）。大人议论纷纷，小孩追追打打，情侣们暗通款曲，银幕上有戏，银幕下更有戏。

而举头则有月亮。

对辽阔的想象

下午四五点的时候，从“客顶”回来的船就靠岸了——吾乡把韩江上游的客家地区称为“客顶”。江上行船，分客船和货船，从客顶运来的货，一般是杉木、竹子、煤炭、水泥，而从吾乡运到客顶去的，则多数是蚊香、草席和毛巾。

为什么是杉木、竹子？因客顶多是山区，竹木量大。行船的人说一句话，“一贵杉木竹，二贵女人肉”，用方言念倒是押韵，只是其意不明，既不明白杉木竹到底为什么贵，更不明白女人肉怎么贵。

从客顶运来的货物，也有瓜果。黄皮红柿比吾乡的大、甜，沙田柚也饱满硕大，夏天浓时，更有浮瓜沉李。以上物产混杂在成排的杉木、成筐的煤炭中，把整个码头变成一片市集模样。

江边孩童一哄而上，推推搡搡，在各种货担之间穿梭摸索。机灵的孩子顺手吃了不少，憨钝的孩子跟着雀跃、奔跑、傻笑，得到的快乐，也一点不比机灵的孩子少。

住在江边的童年，乐趣要比住城里的孩子多。住城里的孩子比如我表妹，并不懂得游泳为何物。她客居江边，听人言必称游泳，心生向往，央我外婆带她体验。我外婆不胜其扰答应了，让未满六岁的我表妹光溜溜地站在江边码头上，外婆用脸盆接了一盆水倒在她身上，说：“这就是游泳了。好了！回家吧。”

我表妹就带着恍然大悟以及意犹未尽两种心情回家了，于是她的童年时代都以为游泳就是一盆水从头淋到脚的感觉。这就像我童年时代认为人的牙齿分为西班牙和葡萄牙一样。谁的童年没被耍过十次八次的呢？没被耍过的童年无以语人生。

江边昆虫多。无非是金龟子、蚱蜢、蝈蝈之类——有关诸虫，我只认识它在吾乡的小名，若称呼学名，便有一种儿时一起拉尿和泥的小伙伴突然上了电视的诧异感——我们用绳子一端绑着它们腿，绳子另一端绑在窗棂上。诸虫像西西弗斯一样徒劳地向窗外飞去，一次次被绳子拉回来，直到筋疲力尽。我们坐观惨状，拊掌大笑，无底线地享受这残忍的娱乐。

但晚上七点多时，外婆就喊我们睡觉了。那时我们房间唯有一个小灯泡，昏黄晕暗，望而生困。我躺在床上，总能听到窗外江边轮船靠岸的声音，先是一连串的“扑扑扑”的声音，应是在搁浅，然后汽笛发出“布——”一声长鸣，我在这些声音里睡得特别香。

多年以后，读到土耳其诗人塔朗吉的诗歌：“去什么地方呢？这么晚了，／美丽的火车，孤独的火车？／凄苦是你汽笛的声音，／令人记起了许多事情。”塔朗吉的火车，和我的轮船，都那么像——去什么地方呢？这么晚了。美丽的轮船，孤独的轮船。那在夜里泊岸或者在夜里起程的轮船，都让我想到这首诗，它们载着的，好像不是一船的杉木竹，而是一船的远方。

我说到哪了？对，说到下午四五点多的时候，泊岸卸货的轮船把码头变成了一个集市。孩子们在杉木、竹排、水果担之间穿梭，乘客下船，顾客买货，到处一片忙乱。那个时候船员们也没闲着，他们还要洗船。

他们用水桶打捞江水，一桶桶冲遍船里每个角落，瓜子壳、果皮、塑料袋、纸屑，混杂在洪流中消失，船身变得锃亮。洗船这件事，不知怎么让人觉得很有快感，轮船仿佛巨人那样抖了抖身上的水珠，仿佛经过这一番大刀阔斧的冲刷，让人注意到它的伟岸。

我呆呆地看。看到船员们洗完船，各自回家去了。各种货物被它们的主人送往真正的市集。追逐的小孩重新发现新的目标。码头安静下来，轮船也安静了。这就是那些在深夜里发出“噗噗噗”声响的其中一只吧？从江的上游很远很远处开来，它经过的那些很远的地方，到底是什么样呢？很远的地方，一定是美的。

如果有时光机，我要向那个时候的我，介绍一本叫《白轮船》的小说。里面有一个小孩，每天都在岸边用望远镜看着伊塞克库尔湖上的白轮船。白轮船出现了，它有一排烟囱，船身长长的，雄伟而漂亮，它在湖上行驶，就像在琴弦上滑过似的。他立刻断定，他从未见过面的父亲，伊塞克库尔湖上的水手，正是在这条白轮船上。

这个孩子想象自己变成一条鱼，向白轮船游去。“你好，白轮船，这是我。”他对船说。然后又对船上的水手、他的爸爸说：“你好，爸爸，我是你儿子。”孩子想象着，可是他来不及想象故事的结尾，白轮船就开远了。他没办法想象白轮船靠岸之后的事，譬如说，船员们各自上岸回家了，父亲也同样要回家了，他的妻子和两个孩子到码头上等着他，这时候他怎么办呢？小孩子想着。白轮船已经远得只剩下一个黑点了，太阳已经沉到水面。小孩

子把望远镜收起来。该回家了，白轮船的故事就此结束。

就这样，一天又一天，小孩想象着白轮船的故事，尽管他没有一天靠近过白轮船，尽管他不知道白轮船从哪里来，要到哪里去。但是，遥远的白轮船就是他的安慰。如果有时光机，我会向那个未识人间愁苦的当年的我，介绍这个孩子令人心碎的命运。

童心至为辽阔。看似不着一物、一无所有的童心，很可能有着超出我们想象的理解力。它，一定能理解另一个处于截然不同的命运中的孩子。成年人强调物以类聚人以群分，他们膜拜阶层。成年人难以理解与他们不同类型的人，他们的理解力太珍稀了，要用来理解自己的工作、自己的圈子、自己的现实。他们不会交付过多的精力，给予虚无缥缈的东西，比如说，不会给予一艘平淡无奇的轮船以恒久的、恒久的想象。

同理，即使从未走出过小城一步的孩子，很可能比走遍名山大川的成年人更能理解“远方”是什么。在每个看洗船的黄昏，在每个听着轮船汽笛声的夜晚，江边的孩子独自想象，独自回味。他们不觅知音，不需理解，像自学成才那样，建构了自己的远方。即使从未走出小城一步，也不会有逼仄的童年，因为，日复一日的对辽阔事物的想象，喂大了自己。

江边少年无厘头

1

彬哥是童年伙伴里重要的一个。

我们从小就被他耍，比如他考我，你知道什么叫西班牙什么叫葡萄牙吗？我说知道的知道的，是两个国家！他神秘地摇头，告诉我，其实人的牙齿，小的那些就叫葡萄牙，大的那些就叫西班牙。我见他面露博学之光，就信以为真了。幸好这次被耍并没损失什么，最多就是好长一段时间当我念及自己的门牙时总是习惯性地说“我的西班牙如何如何”而已。

另一次被耍就比较惨。大概也是七八岁的时候，有次我和娟娟去他家玩，他跟我们说，人的眉毛，其实没有什么用嘛！你们说对不对？眼睛可以看，鼻子能闻，嘴巴能吃，耳朵能听，眉毛能干啥？没有用啊！我们心想，好像有点道理。他又说，既然没用，干脆把它剃掉吧！还留着干什么！我们心说，这……虽然好像有哪里不对，但确实想不出哪里不对。他见我们无可反驳，就拿着他爸的剃须刀，把我们的眉毛全剃掉了。

那天傍晚，我和娟娟顶着光秃秃的脑门回了家。

之后我才发现，人的眉毛其实还是挺重要的，要是一个人没眉毛，就没办法眉飞色舞，也没办法眉开眼笑，脸上的表情就相当怪异。那种感觉，我也说不清，如果你也把眉毛剃掉就能秒懂了。

话说彬哥小时候就是这样一个人。调皮，鬼马，点子多。点子这么多的人，放到今天网络时代，光是做微信公众号估计都能做得跟别人不一样。可惜他就是不爱学习，他爸也懒得逼他上学，于是上高中时，他就辍了学，在城门外继承了他爸的生意：卖猪血汤。

不知外地情形如何，在吾乡，猪血汤是很重要的早餐选择。尤其是城门外、韩江边，这里是城乡驿道的重要节点，仿佛古往今来的城外农民上城卖菜经过这城门边时，都习惯性地必须喝上一碗猪血汤，是一天劳作里极好的停顿。

彬哥他爸的猪血汤摊点，生意尤为兴隆。一桌两椅的规模，却有百年老店的风范。彬哥继承了这个好生意。

2

但这些是我想象的。我没亲自光临过彬哥的摊点，只记得那时，到了下午三四点，彬哥就收摊回家了。他家里常常高朋满座，不卖猪血汤的彬哥，有一个很高雅的爱好：音乐。

那时候他有一台叫“小三洋”的录音机，还有一把叫“红棉”的吉他。暑假的时候，大人都去上班了，巷子里成为彬哥和他的朋友的沙龙场所。他们的“小三洋”放着音乐，他们尤其喜欢一个叫“红丽姐妹”的组合。我和娟娟，百无聊赖地，也常常去彬哥家蹭听，听红丽姐妹幽怨地唱：“我没有骗你，没有骗你，离开你，万分不得已……”

彬哥无师自通地学会了吉他，刚开始是用吉他弹唱各种流行歌，后来他又开始自己编歌——可惜我实在记不得更多了。只记得他那些朋友，无疑是我人生里见到的最初的、真正的文艺青年，活的。他们亦和亦唱，喝茶抽烟，衣装言谈都与学校里的男生大相径庭。

谁知道他们都各自做什么工作的？像彬哥，上午他在城门下油腻腻的摊位上卖猪血汤，下午却是文艺沙龙召集者。在那群人中，除了会音乐的，还有会画画的。

这么一群社会青年，想必是让父母很头痛的。他们越是聪明，就越让父母头痛。想必他们曾经作为反面教材，被我妈和娟娟她妈念叨过。那时候没有人会觉得他们有才华。才华，若不是拿来考上大学，变成工作，获取现实利益，那有什么用呢？彬哥的音乐天分，宝生兄的绘画，都不是才华，是不务正业。

而他们自己，似乎也不介意自己的天分随风而去。有些才华可能就是拿来浪费的，而他们，恰好可能浪费得特别愉快而已。

3

谷崎润一郎写到日本的建筑尤其是日本厕所如何动人时，常用到一个词叫“风流”。生活里有很多快乐，都是因为无厘头而风流的，太无厘头，几乎不足以写成文章。

比如说小时候被耍或者耍人的各种事。

明明是自己想打喷嚏了，却舍不得打一个寂寞的喷嚏。趁着还能憋住的时候，赶紧把身边的人叫过来：快来！快看！天上那是啥！对方就跟你一起肩并肩，扬着脖子眯着眼睛皱着眉头看天空。你抬头望天时，一个喷嚏喷薄而出，于是你放下脖子哈哈大笑走了，对方才知道被耍。

但这个游戏只能玩一次，如果第二次还上当的话，对方可能就是有点太善良了。

江边有个龙湫宝塔，别看名字冠冕堂皇，其实上面几层连个护栏也没有。但，拦不住我们会玩，一个破塔，也能最大限度利用资源。

那时候我们动辄打赌。一毛钱可以买十颗猪油糖，我和表妹一人五颗。哪天杂货店的老板心情好，看你顺眼，一高兴给了十一颗，完了，我和表妹又得打赌了。赌什么呢？谁到塔的最上面几层的某一层，在没护拦处绕塔走一圈，就可以吃这一颗多出来的猪油糖。

杂货店老板害死人啊。可怜我俩都有恐高症，有时走了几步实在不敢再走，出于好胜心和猪油糖的双重鼓励，想想，蹲下来，四脚着地爬完一圈。这样的事情，实不相瞒，我也是干过的。

4

说到打赌，比我们狠的就太多了。

某哥和人打赌，赌啥事我不知道，输的人要连皮带瓤吃下一根香蕉。很不幸某哥输了。为了写此文我不断采访他："厉害了我的哥！请问香蕉皮吃起来到底是什么感觉呢？涩不？有没有把舌头粘住？喉咙啥感觉？当时到底是什么精神鼓励着你把整个皮吃下去？第二天身体状况都正常不呢？你既然小时候能吃得下，现在也吃一个给我们看看呗？"我采访时，态度明明是很恭敬的，可是不知为什么越问他越生气了。

说到打赌，最狠还是宝生哥。他当年和朋友一起背着打鱼机，沿江走路去打鱼，打了半天收获寥寥。烈日、劳累加上挫败感，他就想耍赖了，回程不想背器材了。

他跟他的朋友说，这样吧，我们打赌吃活鱼，谁吃不下一条活鱼，谁负责背东西。

宝生哥提起当年勇，就像那些表演胸口碎大石的走江湖的人，脸上呈现出得意和神秘相交织的表情。他说："我挑了条最小的鱼，把鱼头一拧，鱼鳍一掐，闭上鼻子——（平生只听说过闭上眼睛，闭上鼻子怎么闭？）——

三下两下我就把它吞了！不要问我什么味道，我闭上鼻子了！”

生吃一条活鱼后，他“凉凉地”坐在一边看着他的同伴。他同伴也拿了一条鱼，反复端详，反复端详，慢慢地，陷入了沉思。沉吟再三之后，他那个令人心酸的同伴，突然对着这条鱼干呕起来。

结果，同伴背着所有的器材，生吃了一条活鱼的宝生哥得意洋洋地走在一边。

5

我本来是一个严肃的写作者，想用一种既忧伤又优雅的笔调为家乡作传。像这些打赌吃香蕉皮、打赌吃活鱼的事，本来也不好意思写到一千字以上。但是有一天，我看了一本书，德国作家西格弗里德·伦茨的《我的小村如此多情》，看了之后我就发现，我在吾乡小城遇到的、以上提到的那些人，和遥远的苏莱肯小村里那些村民颇有相似！

在这个神奇的小村子里，充满一些无心无肺又无厘头的人。故事很多，随便说一个。

有两个人一起去邻村赶集，一个牵着牛，一个牵着羊，羊好牵，牛不好牵，于是牵牛的决心把牛卖个高价。此愿一出，难有平常心，果然一天下来，牛卖不出去。牵羊的没这野心，很快就把羊换成钱币了。

回程路上，牛还是不好牵。眼看旁边卖羊的轻松走着，他心里很不平衡，就跟卖羊的说：兄弟，你要是把一只活青蛙生吃下去，我这头牛就归你了。卖羊的一听很不错，试了起来，可惜只吃了半只就难以为继。

卖羊的也不傻，他说我吃了半只，你该给我半头牛吧？卖牛的很着急，说那我把剩下的半只青蛙吃了，你也别要我的牛了。他脖子抽搐地把剩下的半只青蛙吃下去了。

吃完后他俩若有所思地回到村子里。道别时，他们都觉得这是一个不错的市集日，但是，他们疑惑地向彼此询问：我们究竟为什么要吃下那只青蛙？

我看到这个故事时，真替宝生哥和他的朋友感到后怕。那两个村民之间疑惑的天问，差点就发生在生吃活鱼的宝生哥和他朋友身上嘛！幸好有一方及时地干呕起来，不然的话，假如他也能闭上鼻子的话，他也吃下一条活鱼的话，然后的事情，可就太多了……然后他们为了打赌，必须再来一轮，各吃一条……最后，那条江里的活鱼，就被打赌的宝生哥和他的朋友吃完了。

我为鱼感到后怕，但也为自己感到荣幸。因为伦茨是个很优秀的作家，他可以把他的村民活吃青蛙之类的事情写成一本书，让我觉得，那些打喷嚏找人陪、赌输了生吞香蕉皮之类的事，也要写一写。那么有想象力，那么百无禁忌，那么自由自在，那么欢天喜地。我更进一步觉得，吾乡旧时光，原来别无他事，也无深言大义。然而越是无聊，却越有风致。

在我们道貌岸然的成年人生活里，我们已经很难做这样的三无人员了——无厘头、无禁忌，无所事事。我们正经得太久了。当我想到，我也曾是那样一个三无人员的时候，童年再度跃跃欲试。

就像伦茨所说，他为什么要写他的村庄——“在东普鲁士的南边，在泥炭、沼泽与荒凉的沙地之间，在隐秘的湖水与松林之间，正是我们的家园马祖里……我的家乡在历史上并不起眼。她从没出过有名的物理学家、溜冰选手或总统。此地人多半是人性社会中极不显眼的金子：伐木工人、农夫、渔夫、长工、小工匠与制作扫帚的人。这些人带着耐心且无所谓的态度过他们的日子。”

“极不显眼的金子”，伦茨给他们安排了各种滑稽的命运。人生里正经的事情太多了，可以登大雅之堂的事也会越来越多的。我们都会越来越人模狗样的。但当我想到那些儿时的胡闹，我又隐隐地意识到那些胡闹的价值——

无所用心、随意挥霍的才华；

无聊又傻气、糊里糊涂的游戏，

这些大概都是谷崎润一郎所说的风流，

大概是人生里真正的诗意。

北堤

1

风景不好描写。是所有的风景细节加在一起，产生了化学反应，产生了我想传达的那份感情。可这个化学反应，我写不出来。

我对北堤就是这么一种感情。当然它是美的，但天下的美景太多，我们主要是敝帚自珍，这点客观我是有的。

北堤这个地方长得有心机：堤坝隔绝了堤外江边的杂乱，视野里只看得见古朴的砖墙，还有堤上各种萋萋芳草（甚至有一种草是红色的，连成一片红雾），再上方则是蓝天白云缓缓流转。一切简洁明净，落入视野里的无一处不是诗意。

林欣家就住在北堤下。

林欣的爸爸从军队转业，分到城里的皮塑公司，她家的房子是皮塑公司分的宿舍。我们放学时一起走，走北堤下边这条路，先到林欣家，如果天还早，我就先到林欣家写作业。

她家里的人我都熟悉。比如她弟弟，刚从乡下来的时候才五岁，天真懵懂，指着邻居家的春联问：你们家要娶老婆了吗？为什么贴着红对联？过了些天要过年了，林欣家自己也贴了春联，于是邻居追着林欣弟弟问：林勇，你要娶老婆了吗？为什么你家也贴红对联了？

林欣的爸爸，一个转业军人，保持着军人特有的威严和身姿。“写字时坐直！”他提着公文包出门前，猛喝一声，林欣赶紧坐正，旁边的我也赶紧坐正，但她爸压根没有检查这声威喝的效果，旋风般地消失在家门口，上班去了。

我们都怕爸。我怕我爸连带着怕她爸，她怕她爸连带着怕我爸，我们都盼着各自的爸上了班，然后我们就可以无忧无虑地腻在一起。小女孩的友谊，没有不腻的，每天分别时，你送我我送你，都要送好几个来回。林欣的妈妈说：你们就是“茶娘送茶丈，送到日头上”。

记得我们有时候会吵架。吵架这事情，关系够铁的话，吵了之后会更铁，关系不够铁，可能就吵坏了。我和林欣当然属于前者了。

让今天的我困惑的是，当年稀薄的日常生活、空洞的三观，能有啥事好吵的。

有一次林欣在我家，我们又吵架了。吵声愈来愈大，我妈一边擦着洗完菜的手，一边走进房间里训斥我。林欣赶紧对我妈说：阿姨，我们没吵架，我们是辩论。

这事我记得清楚，因为我妈以前老是提。

2

不过我们考上了不同的高中，又分别考上两个城市的大学，友谊节节溃退。

这也正常，少年时代的朋友，就像流水，散了就散了，互相不用负责，但再见面也能无缝连接。

我和林欣在一起最喜欢做的是什么？逛街。

其实后来，我和林欣也谈不上是彼此最好的朋友。那时候，每个人似乎都只能在一个时间段内，充当另一个人最好的朋友。过了那个时间段，友谊也不会失效，依然在；不但在，我们还能默契地，识别出对方最适合和自己一起干的事情，也就是说，一个定位。

比如说，小夏是最适合一起逃课爬山的；马玲玲是最适合一起吃喝玩乐并去她家睡觉的；老冰是最适合谈理想谈人生的；林欣呢，就是最适合一起逛街的。

逛街这件事的意义我得好好说说。

不止是为了打扮。逛街，其实是我们探索世界的方式。

十八岁以上，开始有一点经济自由度。我爸来广州开会，用大哥大给我的 BP 机留言：跟我去吃饭！我回电话，低声下气地说：爸，我想去逛街。

饭有什么好吃的？但街的逛法有很多。

我爸斥巨资（三百多元，一九九六年）给我买了一条红色的连衣裙，好看是好看，但过些天之后，拉链不再服贴，在后背上蜿蜒起伏，不知如何处理，心痛之情至今难忘。

平时我爸没来，就只好买便宜东西了，因为便宜东西能解决买的快感，甚至买起来比贵的东西更有快感。除了心理上更有成就感，还能实践更多、更丰富的可能性。

比如说，一百块钱能淘一堆花花绿绿衣服首饰，手链哪管它是玻璃还是塑料，就图个眼花缭乱。我记得有一次是五块钱淘一双凉鞋，穿了很久；十块钱一件连衣裙也买过，就问你服不服。

林欣之所以成为我逛街最好的搭档，就是因为我们的经济实力相当，消费观一致，甚至在逛街这个综合性学科上，我们的学识也相差不远。

逛街是一个很综合的学科，涉及经济学、美学、社会学、心理学、体育、人类学、逻辑学、统筹学。

当然了，在这一切之外，对两个人的亲昵和默契也提出了很高的要求。

比如说，能在对方面前无所顾忌地换衣服，能愉悦地跟对方互换旧衣服穿——毕竟对方的旧衣服就相当于自己的新衣服了，这样我们拥有的衣服数量，就变成了双倍。

但，我和林欣毕竟处于两个城市，见面少；后来林欣甚至去国外工作，见面就更少。我们见面的唯一机会就是每年的广交会，林欣的工作是外贸翻译，交易会时跟随老板来广州出差。

白天她在交易会现场，晚上我们争分夺秒去逛街。让我对她来广州充满期待的，是这么一个场景：

在她下榻的酒店，她从行李箱里拎出了一件又一件衣服、叮叮当当的首饰，我也从自己家带来各种各样的裙子。这一切，汇成目迷五色的海洋，摊流在酒店的床上。气氛是瞬间，而不是逐渐，就到达高处，并居高不下，一整个晚上都溢光流彩。

太快乐了。

3

然而有一年交易会，我们的关系破裂了。

那年秋交会，我恰好在怀孕期间，却比单身时更期待林欣的到来。怀孕限制了我的自由，生亦何欢；而林欣，带来了单身时代特有的轻松飞扬。

那天我们约好晚上在某条步行街路口见，一起逛街。

然而，我在约定地点等了一个小时，林欣没来，也一直没有联系我。我也无法联系她，因为她没有国内的手机号码。

当我带着失望和担心回到家后，又过了一个多小时，才接到林欣打到我家座机的电话。原来她忘记留我的手机号码，她有急事不能来，打我家座机，家里却没人在。

这个解释我不能接受。因为要问到我的手机号码并不难，可以打电话到我父母家去问，可以问当年的其他老同学，总之，归根到底是不在乎。

我暴跳如雷地挂了电话，不再理她，当时就是那么刚。

几天后她离开广州，本来就联系很少的我们这下彻底没了联系。孩子出生的忙碌让我很少想起故人，而她在异国结婚生子的消息，我也是从别人那里听说的。

4

六七年后有一天，收到林欣的微信。那一年有微信了，就有了同学群，我和林欣也就加上了。谁知我们微信的第一句话，就是一个大坏消息。

林欣说她马上要来广州，她爸爸病重，从老家来到广州住院治疗，林欣和弟弟在医院旁边的快捷酒店租了个房间住着。

林欣的爸爸，也就是那个低喝一声"写字时坐直"然后才出门上班的退役军人，因癌症晚期在广州的肿瘤医院治疗。

那个路段有各种快捷酒店，里面有长期出租的房间，住的大多数是医院病人的家属。多数从外地（尤其是周边小城镇甚至乡村）来的病人，家属们都做了长期作战的准备；大酒店自然是住不起，在医院里加床又实在不方便。连锁酒店的房间有包月的，就这样，肿瘤医院周边形成一个特殊生态，家属们可在这些房间里煲汤煮药。这个陌生而庞大的城市难以把控，对于茫然的家属们，这个房间使一切稍微安定了一点。

陪伴林欣的那几天，我总在周围路段上看到行色匆匆的人，手里提着保温瓶或者巨大的袋子。他们大多数是病人家属，首先年龄说明他们是家属，其次他们脸上的憔悴和劳累说明他们是家属。林欣和她弟弟也是其中的两名，弟弟林勇似更魔幻，这个胡子拉碴的中年男，就是当年对着春联蹦蹦跳跳的五岁小儿。

而我还是害怕爸爸们，哪怕是一个病重的林欣爸爸。我觉得那个衰弱的躺在床上的男人，还是很可能会看不惯我的一举一动，“走路时背挺直点！”“拿个东西都不利索！”我脑补他们的潜台词。只是他们老了，衰弱地躺在病床上，没有余力来批评我们：“要是我身体好，像这样的事，我一个人处理得井井有条！你们三个人都搞不定！”我脑补他们的责备。

林欣当然也和我一样，手足无措，失惊无神。人到中年但在父亲眼中仍是娇气无能的小女儿。

我觉得很心酸，不知道是心酸林欣，还是心酸她的父亲。

到了晚上，当我们坐在出租屋里的床上，灯下对视，竟然不知道说什么好。我心里像老杜一样沧桑："今夕复何夕，共此灯烛光。少壮能几时，鬓发各已苍。访旧半为鬼，惊呼热中肠。焉知二十载，重上君子堂……"

想起以前，当我们在酒店房间里聚在一起，灯下铺开一整床的衣服饰品，向对方，交换着自己五彩斑斓的生活。

再想起更早以前，老家北堤下，我们骑着单车，谈天说地，抬头只见堤上芳草无边，蓝天上的白云缓缓挪动。

现如今，我们坐在快捷酒店简陋的床边，厨房里飘出来浓浓的中药味道，不远的医院里躺着走近死亡的父亲，我们自己，穿着方便步行的平底鞋运动裤，额角已有白发，没时间去染。

谁能想，闹翻脸的两个儿时伙伴，再相逢时竟是在如此狼狈的时候。

我当然是，早已经完全原谅林欣了。

说起来那些年，各自的脾气也被生活教训得差不多了。要用这么长的时间，我们才发现，少年时代有多任性：

想吵架就吵架，想翻脸就翻脸，想失约就失约，因为觉得，怎么吵，最终都能被原谅；失的约，对方能等你；翻的脸，也能随时翻回来。甚至，人脉散尽，也无所谓，因为后台很硬，父母强健，壁垒如山。

命运的荫庇，甚至曾使我们产生幻觉，觉得自己在很多事上有豁免权。

我们为自己无知而狂妄的旧年往事，试图彼此道个歉。一方迟疑地开了个头，另一方含糊地接应了，几乎同一瞬间，彼此同时打断对方——喉咙里的鱼骨头被一支镊子取了出来。我仿佛看到我妈在虚空中无奈而欣慰地对我们一笑："好吧，你们说是辩论，就是辩论吧。"

对的，我决心不再做严厉的人了。生活对我们已经够严厉了。中年如此仓皇，我们应该像保存雪夜的火种那样，保存人世间所有的善意。我只想前嫌尽释。

诗人奥登有一句诗：我们必须相亲相爱，否则就会死亡。一直觉得这不是一句情诗，这是一个在逆境或者孤独中的人，写给同类的诗。

在此时，又想起了这一句诗。

大地上

橄榄的悲剧

1

前两天在乡下打橄榄。打橄榄有两种，一种用长竹竿打，另一种更野蛮，是扔石头打。打中和扔中的橄榄纷纷落下。不管哪一种，手持长竹竿或者手持石块向橄榄林走去，都像气势汹汹去收拾它。

打下来的橄榄和枝条连接处有黏液，糊在手上洗手液洗不掉，非要用橄榄本身的汁才能去除，可能是原汤化原食的道理。

总之橄榄是一种有性格的水果。别的水果都是多少含有糖分，橄榄却又苦又酸又涩。它的优点是过后的余香和余甘，但你第一次吃的时候难免错愕，竟有如此不近人情的水果。当年小学生作文，老师让写苦尽甘来的主题，橄榄作为一个重要喻体，这个时候就当仁不让。

吾乡吃橄榄之风却是甚盛。这和喝茶似乎有共同点。这两者，都是苦涩的，是糖的反面，是油腻的对立者。不知道为什么吾乡先民对血液里的糖分会有如此明显的警惕。

乡人太爱橄榄，不仅在新婚、新年这些重要日子，将之作为待客必备零食；在看电影、谈恋爱这些重要时刻，将之作为调节气氛的必备道具……不仅如此，还要以之入馔：橄榄煮粉肠，橄榄蒸鱼，橄榄煲鸡……只是，那些菜式里，橄榄是配角，是画龙点睛的那个睛。还有一些菜，橄榄成为主角。

例如橄榄糁。这是橄榄和南姜的一场相遇。将它们一起舂碎，混合辣椒和盐而成。这道菜，跟咸菜、萝卜干一起，可以被评为吾乡小菜界的三杰、三名角、三巨头。乡人对它们的膜拜到了何种程度呢？我曾听乡间一个阿叔自豪地对我说，这新晒的萝卜干、新出的橄榄糁，吃后舍不得刷牙，第二天剔牙还是香的。

2

然而新鲜橄榄毕竟有一个激越的灵魂，就是它破碎瞬间的苦涩。这让很多人第一次入口时十分惊愕。

九制橄榄也许就是为了消灭那种惊愕。

多么可笑，九制橄榄。用大量糖精和腌制手法，九蒸九晒九折腾，驯服它的激越，把它往死里整。消灭了这种苦涩之后的橄榄，呈现出各种水果综合、中和之后的人造的香气和甜蜜。一种塑料感的甜蜜。

我想说，九制橄榄是世界上最愚蠢的零食。橄榄被迫失去它的灵魂，只剩下遗骸。它呆滞地在市场上流传，顶着一个似是而非的橄榄的身份。它确实大有市场，这让我费解，我曾想那是因为吾乡人民对橄榄身份的崇拜，人们吃的可能是它的身份。

油橄榄也是如此。

油橄榄，用油盐和糖辛苦腌制过的橄榄，最后你只能吃到油盐和糖的味道。它比九制橄榄诚恳之处，在于它由各家各户勤劳的女主人亲手制作，所以它的甜蜜比九制橄榄可信。但也正因为在家里亲手制作，所费工夫之多，更让人觉得不值。

3

油就是它的原罪。但吾乡人不这么看，妈妈不这么看。

念大学时，寒暑假之后，妈妈最喜欢做油橄榄让我带回学校。

首先舂橄榄就十分麻烦。橄榄的形状大家都知道，滑溜溜乱滚，乡谚里把好动的小孩形容为“橄榄屁股坐不住”。舂橄榄时，它们从大石臼里四处乱跳。

舂好之后要花很多天的工夫制作，类似九蒸九晒——也许更复杂些，比如用盐水泡之类的，“把它的涩汁泡掉”。在我的感觉里，就差上电击了。很好，它终于被驯服了，一点也不苦了，再加大量的油盐糖，在锅里翻炒煎熬。豪华版还要加白芝麻。

最后它的味道，说起来是又甜又咸，但每个味道互相推诿。因为不充分，不痛快，味蕾和胃口都恒久地吊着，不能放弃又不能满足。比单纯的“寡淡无味”或者“粗陋难吃”更糟糕，后两者起码是另一只鞋子掉下来了。

说起来我对油橄榄的反感有点偏见。那是因为我见识了被它消耗了的劳动。这世界上有很多劳作，仿佛都是不问回报的。有很多感情，可能都是错付的，不论对方能否承受。然而，献出时间就是献出生命，那些被付出大量时间的食物和事物，我终究不能平和视之。

橄榄的优点是过后的余香和余甘，但你第一次吃的时候难免错愕，竟有如此不近人情的水果。

妈妈与吾乡多数女人，每天总是步履匆匆、神色焦虑，部分原因是她们需要制作各种类似油橄榄这样耗能的食物。

4

然后就是携带。汁汁水水，浓汤厚油，小小的一瓶，要裹无数层塑料袋、塑料薄膜，千层万层之后，还是难免打翻的危险，一打翻整个书包全完了。这个书包的余生永远带着“油橄榄”的味道，坚贞，深刻。

那瓶油橄榄终于被打翻了。在它被制作的过程，被包装的过程，被带上火车之前，我一再地表示了我对它的反感。然而我的反感必须被镇压。假如因为我的反感而放弃，那么多的牵挂和情感，何以寄托，何以附丽。假如你的反感是因为你无法领略食物被九蒸九制的心血，我又怎么能和你一般见识。

火车准点而我晚点，父亲带着我在站台上狂奔，我没有机会像朱自清那样端详一个背影。“火车一开走我就瘫坐在站台上。”后来父亲在电话里对我说。他把我连同笨重的行李一起推上火车，几乎同一秒钟，火车开动了，嗅觉告诉我，行李袋里那瓶油橄榄在奔跑中已被打翻。那是寒假过后新学期的开始，母亲在制作的时候想象它们将收买我全宿舍同学的胃口，但现在它只能收获火车邻座同情的眼神，他们眼看我整一路都在持续擦拭整理行李，并一趟趟地去洗手间。

是一九九六年的油橄榄。被打翻后的油橄榄，玻璃瓶里只剩下一点，没有人知道它何等沉重。我把它留在火车里。它像很多被辜负的无主的感情一样，继续在人世间流浪。

舂橄榄时，它们从大石臼里四处乱跳。

四月半的卤鹅和潮剧

1

这次是歪打正着。我到群兄家里，嫂子正在杀鹅卤鹅，大老远就闻到南姜卤水独特的气味，我就知道要过节了。

这里凡是大节日必卤鹅，卤鹅必放南姜。山地正宜种南姜，屋前屋后一簇簇枯荣交加，有时候主妇做菜之前才临时去挖它们的根部。南姜之于吾乡，就如折耳根之于贵州，花椒之于四川，罗勒叶之于意大利。

这次的节日是“四月半”，也叫“老爷生”。“老爷”就是神，而且是个全能之神，统管行政、劳作、生产、文化……一切事务。这个万能之神要过生日，也是全村的集体狂欢节，仅次于春节。村道上停满了小汽车，外出打工的人们趁此纷纷回乡。

不时听到相认的人们在村道上大呼小叫，无非是“这是 ××× 吗？小孩快要比你还高了”之类的话。偶尔也会看到年龄相仿的两个中年男女，狭道相逢时，迟疑又惊喜地发出这样的对话：

“是 ×××？”

“×××！”

然后他们忙不迭地算着有多少年没见面，形式大于内容地彼此问候，把自己的家里人向对方介绍。不妨猜测他们是年轻时的恋人。暌违多年，劈面相见，那人变得像当年她妈或者他爸一样，真是双重的似曾相识。人生不相见，动如参与商，突然再相见，儿女忽成行。都是“细思恐极”的事。

村里的铺仔（也就是小卖部）货也多了不少，尤其是鞭炮、饮料和香烟。从店子的窗（称为“铺仔窗”）望进去，看到墙上还贴着几年前的日历，一群人挤在里面，有坐有站，不时地互相扔过来一根烟，在烟气缭绕中高谈阔论。

因为年轻人都外出打工，铺仔平时生意萧条。店主说，以前村里住户是一千多人，两头猪一天就能卖光，现在住户是五十多人，几十斤猪肉都未必能在一天内卖掉。

2

天黑了，我顶着低低的红月亮，到村委会去看潮剧。这是比卤鹅更重要的节日重头戏，村里花了两万八，请来了一支规模有三十多人的戏团，带着他们的枕头被子，开了两辆大车来，要做两天两夜的戏。

村子沿山而建，聚落梯级状分布，非常的错落造成非常的风致。房子又都是沙土砖木结构的平房，石阶曲折，植物繁多，正好是韩少功所描述的那一种：“这些随意和即兴的作品，呈礼崩乐坏纲纪不存之象，总是令初来的北方人吃惊。可以想象，种种偏门和曲道，很合适隐藏神话、巫术和反叛……虽然免不了给人一点混乱之虞，却也生机勃勃。”

夜空不是黑色的，是深蓝。一种奇蓝，高贵的、很有质感，不宜用比喻的深蓝。树木被勾勒成剪影，在深蓝的背景上，像北欧木刻一样的图案。树尖上那颗红月亮更神奇，边缘模糊，好像泪光闪闪，一眨就会掉下泪来。

唱戏是在村委会会堂，意外的是观众很少。寥寥几个，都坐在侧边，中间一大片地方都空着，只摆了几张桌子（祭桌，第二天人们祭拜“老爷”时放祭品用）。舞台的对面就是“老爷”的神位。

我在舞台下的正中间那个最宜观赏的位置，靠着祭桌，舒舒服服地看了起来。一个老妇人神色慌张过来拉我，凑在我耳朵边大声叫喊（因为音乐很大声）。

好一会儿我才明白她的意思。意思是，我不能在这个位置看潮剧，这个位置挡着“老爷”的视线了，这些戏都是唱给“老爷”看的，我这个位置正当中间，我在这里“老爷”就看不到了。

这才理解为什么仅有的几个观众都缩在侧边位置上斜着脑袋吃力地张望台上。刚才一进来的时候，我还以为是此地女性习惯低调。

3

潮剧本身，看不太懂。倒是那些坐着大汽车来唱戏的演员让我好奇，他们的生活有点像吉卜赛人，一个乡一个乡地走，唱到哪，住到哪。春节前的那一两个月，各乡抢着“做戏”，是他们最忙的时候，往往连续两三个月不回一次家。

戏台边上一个候场的女演员，化着浓妆，戴着沉重的峨冠，拖着长长的水袖，坐在极度喧嚣的大鼓、钢锣、椰胡……声中，争分夺秒地发微信。打几个字，然后又把手机贴在耳边，听着微信那一方发来的语音信息。她不能走到安静点的地方听，因为很快要上场。果然，转眼间水袖一甩，她顺着一阵紧锣密鼓滑到舞台中央。那个争分夺秒发微信的手机，魔术一般地不见了，到底放在她身上哪个部位，我目不错睛地看着竟然都没看到。

云里雾里地看了好久，才等到中场休息。

一个脸上画得像凶神恶煞、眉毛上还画了两把弯刀样式的男人，在台下的简易铁床边坐着喝茶，脚跷到对面的板凳上，一边冲茶，一边嘴里还唱着片段。

这很可能就是刘震云《一句顶一万句》写过的那个舞社火的吴摩西。吴摩西本来叫杨摩西，杨摩西本来叫杨百顺，他喜欢舞社火，“心里痒痒不光图个玩，而是比起琐碎的日子，舞社火有些‘虚’，舞起社火，扮起别人，能让人脱离眼前的生活。当年吴摩西喜欢罗长礼喊丧，就是因为喊丧也有些‘虚’。”

这些唱戏的人，我想象他们多数是吴摩西和罗长礼，喜欢有点“虚”的东西，戏文、戏服、舞台、从一个乡转到另一个乡的演出，都造成了这种“虚”。

一个刚下台的女人，飞快地换成了家常衣服：极短的热裤和紧紧的T恤衫，人字拖鞋，长头发扎成马尾。于是，一个轻盈的她从那个水袖峨冠的古代女人里跳了出来。她踢踢踏踏走过来，凶神恶煞眉毛上画了弯刀的男人问她，好点没有，她声音沙哑地回答，喉咙还很痛。男人慈祥又客观地摇了摇头，说了句什么。她又沙哑地回答，没办法，我倒霉呀。声音沙哑，但却又很飞扬，大概因为心情好。

另一个女人还穿着沉重戏服，是一袭全白的裙子，有点可怖，衬着头发格外黑，五官浓重得几乎哀恸，她站在一口大锅前面舀粥，吃消夜。戏团都会准备大锅的粥和小菜给演员做消夜，我看了一下，今天的消夜除了小菜，还有应景的卤鹅。

说到演员吃消夜这回事，想起一个笑话。以前物资紧，戏团吃消夜时，一个演员配额是一碗粥。演曹操的是主角，戏份重，老半天都没法下台，很担心自己的粥被人喝掉。演刘备的见他心神不宁，急中生智，在《煮酒论英雄》的台词中擅加了两句，唱道：

曹操你别担心，一人一碗定。

用乡音来唱，恰好押韵，那个扮演刘备的无名演员，实在是太有才华了。

演员是一种奇怪的生物，天然地让人觉得缀满故事，连他们恍若无知的眼神，也无知得那么深刻。

4

以前看戏，想必更好看。现在是做给“老爷”看的，观众坐和站的位置不能挡着“老爷”的视线。以前做戏就是做给人看的，哪天戏团来，村民提前几天就开始期待，当天中午，更要把家里的凳子搬去会场占位置。

吾生也晚，没经历过这些，只能听村民们零碎地回忆。很喜欢听这回忆，仿佛一些丰饶的时间碎片，在幕布收起的时候，被遗忘在舞台的侧角了。

那些年，乡间的少年，会趁着看戏的机会，偷偷暗传情愫。首先是，中午把凳子搬去占位子的时候，就要把两家人的凳子摆在一起。晚上开始看戏自然就坐在一起，天色又黑，人群又密，剧情催生出来的荷尔蒙在空间暗涌，在台下的黑暗里，多少双少年的手在急切地互相探索。然后，有一些少男或者少女，首先起身离开，过了一会儿，另一个少女或者少男，也起身离开，凭着惊人的默契，找到了僻静处的那个他或她。远远的舞台上，戏仍然继续，是最好的背景音乐。

那些年，看戏，必是一个令人心跳加速的词汇。

后来他们都到哪里去了呢？

曾经在黑暗中急切地互相寻找的两双手，它们后来都失散了，只剩下“四月半”在乡道上一次偶然的相遇。美好的事都是没有后来的事。

粿

1

这是非常经典和优雅的食物搭配，糯米粉里面混上植物。上海的网红青团，给它一个完美的实现，体现在足够充分的绿度。尤其当它被保鲜膜包裹，晶亮如玉，隐隐透出一抹水红，是馅的颜色。

然后是手感，沉甸甸颤巍巍，充满弹性；然后是口感，嚼起来很绵长，又有一点点抵抗。——真是令人折服的各方位的美。

我只有一个意见：馅是多余的。仅仅糯米团的甜糯，加上植物的微苦、清香，就够了，就是“简洁又不简单”的食物楷模。馅再好，也是供过于求，分散了感情。一个草根的下午，消化不了这么密集的事物。

不知为什么，面粉或米粉与植物的相遇，总是让人怦然心动。眼前的青团，是一个例子，在太仓还吃到了著名的草头饼，也是这样的例子。横向举例，祖国大地包括吾乡岭南的粿，就是例子；纵向举例，杜甫在四川夔州吃的“槐叶冷淘”，也是例子。

槐叶冷淘的做法大概是，把新鲜的槐叶从树上摘下来，碾成汁，混进面粉里做成面条，因为是夏天吃的，所以还有冷淘（过冷河）的工序。诗不全录，只说其中一句“碧鲜俱照箸，香饭兼苞芦”——想想很感动，绿色的面条，这就是人类微小又华彩的创造啊。

也曾在超市买过绿色的面条，也说加了青菜汁，但似乎只有个名头，终究吃不出任何植物的清香。看过一个视频，是用黄瓜皮榨汁，过滤后混入面粉，制作成的面饼或者面条，真的就是“碧鲜俱照箸”。

2

吾乡的粿，和青团的思路一样，都是“面粉（或米粉，包括糯米粉）+植物”的模式。清明前后，常有桑叶粿、朴籽粿，因为乡谚云，“四月食叶”，大概是春天里各种植物新叶蓬勃，不吃不礼貌。

桑叶大家知道。朴籽树属榆科，树叶卵形或长椭圆形，朴籽粿就是用其嫩叶加上舂好的粳米粉和白砂糖，揉匀后置入桃形的粿印，蒸。

它和青团不同。它没有馅。没有旁的事物打扰植物香气，那绿色的具形。它的口感不如青团，粳米粉没有糯米粉那份华丽的柔韧。但粳米粉蒸出来的粿，会“笑”。

什么是“笑”？其实就是粳米粉蒸熟之后，表皮会绽裂开来，人们赋予其吉利含义，谓之“笑”。在吾乡做这类粿，会不会“笑”很重要，几乎类似于南美洲人们制作陶具，因重要而产生了禁忌。

听家里阿姨讲，乡间制作酵粿、桑叶粿、朴籽粿的过程中，尽量不要让孩子靠近。为什么呢？因为孩子难免多嘴，说出什么话来不可控制。如果他们张口问：“是不是在做甜粿？”那就完了，一语成谶，这下做出来的酵粿就不会“笑”了。（甜粿么，糯米粉做的，蒸出来之后就像青团那样表皮光滑，当然不会“笑”。）

3

想到一件往事。

每到春天，会想念朴籽粿的味道，觉得要吃一下，这个春天才有春天的仪式感。好几年前某个春天，我也这么念叨着，大舅和舅妈来广州的时候，行李袋里就装了几十个新鲜的朴籽粿。它们跟着两个老人坐着长途汽车到达，一溜烟地摆在广州我家的餐桌上，情形堪称壮观。

那时候他们常来广州，若提出想吃什么，必有供大于求的输送。前面说到，糯米团子的口感令我迷恋，吾乡虽没有青团，却有类似的食物，比如甜粿、落汤钱。

某天大概是表达了想吃落汤钱，舅妈豪爽地联合我妈，动手制作。但她们可能低估了这种食物的技术难度，以及对体力的要求，总之据说她们前面做的都失败了，后来我大舅妈说手臂都酸痛了几天。最后她们用一个脸盆大小的不锈钢盆，给我送来了战利品，我连同同一楼道的邻居们都吃了好多天。后来我就不敢说想吃落汤钱了。

另外一种同样待遇的事物是二舅做的咸鱼。大致的做法是把切好的鱼块用各种调料腌制一晚上，第二天再放到油锅里炸。说起来技术是不难，但工序烦琐，又切又腌又炸的，但我既然如此盛赞，我二舅就三天两头地做一次。对我来说，也确实多多益善，写到这里我觉得我每个味蕾都在思念。

家里内外的亲戚们都对我好，但其实我明白得很，那不是对“我”好，是对“我父母的闺女”好。这是父母辈之间的感情的折射，我正好处于这个折射里，而已。生活在巨大的家族情感的树荫下，就能懵懂地成为既得利益者。

4

前面说的是春天的两种粿。还有一种粿，也是植物和米粉的相遇，但它用的材料更特别些，不是树叶，是野草，叫鼠曲草。

关于鼠曲草我们按下不表，先说说鼠曲粿是什么样。吾乡的粿，比起上海的青团来说，又要升一级版本，因为吾乡的粿，是要祭拜神仙的贡品。

光是粿印都有很多很多种，最经典的一类粿印是桃子的变形，下端还有两片叶子托着，是很典雅的形象。另外还有六角形、圆形甚至人形等等。

然后是粿皮，多数就是前面提到的，“米粉 + 植物”的思路。但米粉又分为糯米粉、粳米粉、糯米加粳米混合粉等等，也许我还说漏。比如鼠曲粿，顾名思义，当然就

是糯米粉中混上鼠曲草。

然后是馅，类型也很多，有甜有咸，绿豆沙、芋泥、花生酱、芝麻酱、糯米饭……估计还有。

垫粿的那张叶子也有数种选择。首先有竹叶，竹叶就分麻竹叶、石竹叶、竹笠叶。然后还有芭蕉叶，如果是夏天，当然还有荷叶。而我在乡下，还看到有人用南姜叶，更有异香。

也不仅是春天里才制作。祭拜神灵的高峰时段是在春节期间，所以春节前妇女们特别忙碌，乡间妇女，多数是大年廿九做粿，大年三十卤鹅，这是比较好的时间统筹。

几十个乃至成百个粿，在每家每户的妇女们手中产出，随着屋后灶下的炊烟升起，在一年将终的薄暮里，它们变成人神共赏的食物。

粿在这片土地上的大量产生，及其精美程度，想必与人口红利有关。这片土地上人们对人力资源的信奉达到某个程度，甚至认为添丁比发财更重要。地少人多，形势决定了“普通的食材＋精巧的手艺”的风格，粗菜细做，靠手艺取胜。粿，犹如在麻袋上绣出花来。

5

好了终于说到鼠曲草。前不久看到冯至的一首诗，是他的《十四行集》里的一首，诗名就是《鼠曲草》。诗如下：

我常常想到人的一生，/便不由得要向你祈祷。/你一丛白茸茸的小草/不曾辜负了一个名称；

但你躲避着一切名称，/过一个渺小的生活，/不辜负高贵和洁白，/默默地成就你的死生。

一切的形容、一切喧嚣 /到你身边，有的就凋落，/有的化成了你的静默：/这是你伟大的骄傲 /却在你的否定里完成。 /我向你祈祷，为了人生。

诗的题注是："鼠曲草在欧洲几种不同的语言里都称做 Edelweiss，源于德语，可译为贵白草。"

冯至自己是中国北方人（河北省涿州市），后来看到周作人也写到他家乡绍兴有用鼠曲草做的糕点（叫黄花麦果）。但从译语来看，冯至的鼠曲草应该不是吾乡这种。写此文过程中问了家乡朋友，说鼠曲草在吾乡还细分为"大号鼠曲草""小号鼠曲草""拟鼠曲草"等，学问很深。

诚实说，吾乡鼠曲草，绝无冯至诗中的感情。这种草长得风姿全无，叶和花都有点不舒展的感觉（白茸茸是指其茎上一层茸毛），很难看出这皱巴巴的野草里，何以会有冯至所说的伟大的骄傲，何以能以这其貌不扬的外表，给予冯至那些触及灵魂的感想。

但如果深入接触乡野的人们，你会发现，她们对身边物资的充分利用和灵感。鼠曲草并不是她们选中的唯一一种。

走在乡间，在我眼里只是一片绿茫茫，在她们眼里处处都是宝贝。春日走在乡间，她们犹如造物主，手指的方向，万物皆有名字。但她们的眼神，又如偶蹄类动物，因为那一片面目模糊的绿茫茫，在她们看来是有细节的，有的毒，有的香，有的是食物，有的是药。比如：

那是一棵薄荷叶，可以敷伤口，那是一棵使君子，可以给孩子驱蛔虫，那是一棵茴香菜，炒鸡蛋可以治疝气，那是一丛白花蛇舌草，能去胃肠毒，那是一棵五爪三荆棘，是伤科药，猫毛草能利尿，芝兰根能补肾，夏枯草可润燥，叶下红能消肿。

白葛和芫荽混在一起，可以治麻疹，石榴寄生煮猪骨，可以治骨刺，艾草则是“大药母”，还有，那边一棵猪屎花，晒干之后煮番薯加红糖，某家喜欢这么吃，说是百病消，味道也不错。

比如屋外那棵无主的杨桃树，是很酸的品种，卖也不好卖，吃又难入口，但总不能让它白白浪费，于是摘回来，用食盐腌着，酸杨桃就能神奇地出现甜味。

现在是四月，很快就到了乡间的“百草东”，一个动人的习俗。在端午前后，田野里百草葱笼，人们到田野里各自选择自己需要的各类野草，包括猫毛草、蛇舌草、和尚头草、鱼腥草、车前草……总之，所有的、经先民试验、能在我们的生活中起作用的一切草。

她们根据各家的身体情况、口味、趣味来挑选他们需要的草，再把它们晒干，盐腌，装进玻璃瓶子。然后，整一年身体有任何不适，便取出一点，加水喝下。这封藏的百草对她们来说有包治百病的功效——起码在心理作用上是如此。

像乡间的很多习惯一样，是如此立等可取的愉快。拥有这种习俗的乡民，其实也是生活家，大自然蓬勃无穷，是她们的舞台。

常觉城里的时光正如雪狮子向火，消失得飞快，很多话都听不到了。而在乡下，时光像琥珀完好地凝固下来，凝固在一些诸如这样的习俗里。

我的树

1

我生活的南方四季长绿，只有极少数树叶会在秋天变黄，确切说是变枯。枯叶不是黄叶，北方的黄叶是金色的，是绿叶的进阶，比绿叶更有激情，是一掷千金，是一场尽兴。而枯叶，却只是死去的叶子。

北方最常见的黄叶来自杨树。有首童谣是这样的："杨树叶子哗啦啦，小孩睡觉找妈妈，搂搂抱抱睡着了，麻猴子来了妈妈去打它。"哗啦啦响着的是夏天的杨树叶子，而秋天深了的时候，金黄色的杨树叶子几乎要发出"叮叮当当"的声响了。

杨树真是很美，绿时美，黄时美，有时是黄了大部分，但树顶还有部分绿叶，仿佛一个人头发全白之前还有几绺黑发。同一棵树，黄绿相间交错时可能是最美的，这两种颜色在一起，看起来很快乐。

这时我明白了为什么在南方我觉得金急雨是最惊艳的树，因为金急雨的花就是金黄色，密集成串，又金又急又雨。浓绿和金黄，我罕见这么充分的两种颜色在同一棵树上相遇，旗鼓相当，互相蓬勃，因为我罕见北方黄绿错杂的杨树。我没把它理解成花，直接理解成黄叶了；没有理解成一种递进，而是理解成一种并列。

在南方冬天，也看不到落光叶子的树。而北方，树不怕冷地脱掉叶子，露出它们的提纲和梗概。尤其白桦，它的白色皮肤是一种黑色加粗字体。白桦的枝条直接刻在蓝天里，静止不动。

我对北方的树的爱慕，有点胁肩谄笑的程度。我知道这对不起南方的树。南方并不是没有美丽的树，它们也在浩荡成长，并且毫不企图引起人的注意。树就是这么美好的事物，谦逊无争，又充满细节，从花到果，从形状到气味。

2

气味最难形容。

每次到一个新地方，都能闻到一些跟别处不同的气味，但太细屑，总是不便追究。倘是村庄，那味道便主要是植物的气味。植物的气味总是比它们的形象更神秘，更难描述，形容起来，也只能大体说“清香”“甜香”“刺鼻”之类，显得才思枯竭。

五六月时我在吾乡的一个村庄，走着一条普通的路，老妪敲着瓷碗唤她养的鸡们，鸡屎的气味充盈周边。突然，有一阵异香突破了鸡屎味的包围，我再向前几步，香气变得更加具体，鸡屎味已渐不可闻。

太动人了，那不畏浊臭、扶摇而来的清香。

喂鸡的老妪见我询问，指着头顶一棵正在开花的龙眼树说，就是龙眼花香啊。

可是，我几乎没觉察到龙眼树正在开花。它的花形是那么细小，而且破碎，而且刚一开花就显得很旧。它的花怎么能称为花呢？从形到色，都没有花朵的娇嫩鲜美。其实它的叶子和树形都乏善可陈，如果不是这么香，它实在很不起眼。

但它这么香，它赢了。蜜蜂围绕它，提炼和激发它的甜蜜。龙眼蜜是吾乡重要的蜜种，是它被狠狠爱过的后遗症。至于果实，反而只是常规劳作，都不如它的香气来得意外。

果树开花都有一些香气，橄榄树，还有佛手柑、荔枝树，这几种的花期大致不离，香型也接近，都是让人很舒服的香型，它们此起彼伏地开花，在夏季南方村庄浓密的绿色里面浮沉。

3

村里有一个曾经以砍树为生的大叔。1981 年，他从海南岛回莲上村，自己形容像“出世虾”一无所有，斩芒杆拿到城里卖钱，一天斩一天卖，每次能卖两三块钱，卖后直接买米回家。实在没办法，开始帮人砍树。

那些树，有时候是建房子修路需要清理掉，有时候是过于高大压到屋顶或缠住电线，有时候是长了白蚁或者已经死去。砍树要由“柴头”（意思是砍柴的工头）来分工，一天能分到五块钱。有次他扛着砍下来的树干走，脚下一滑把小腿坐断了，医了四个月一千多元，“柴头”才补了他二十块钱。

他决心自己当“柴头”。这个活儿他自称“听风闻臭”，慢慢就成为这一带最出名的“柴头”，哪个村需要砍树都找他。他自己带着人去，一住就是十几天。

他讲了很多关于树的神秘的事。

太老的树，即使因为路基扩建、房屋修整等原因需要砍掉，他们也不敢轻易动手。老的树有树神，阿城的小说《树王》、日本电影《哪啊哪啊神去村》都讲过类似的事。

但他们又赚这口饭，那怎么着呢？

或自圆其说。先是祭拜，给树神敬烟，自陈他们以此为业，不得不为，树神自能理解。池塘里的鱼因为天气反常或者别的原因，从池塘里跳到田埂上，这是大自然反常的行为，普通村民若遇到，最好把鱼送回池塘，不随便捉。但如果是以捕鱼为业的村民，则可以把田埂上的鱼直接捕获，鱼神池神都会网开一面。

或自欺欺人。吾乡有谚，“滑路怕凶人”，意思是，鲁莽的人因为动作快，反而能顺利地走过一条很滑的路。他们一般就选出一个最鲁莽的人在老树树干周围，用刀象征性地砍一圈，是谓以其莽撞，砍掉树的煞气。

或直接耍赖。实在找不到那个鲁莽的人，他们就坐在大树底下抽烟聊天，迟迟不动。这时候如果有路过的人，难免要多嘴问一句，你们怎么还不开始斩树？他们一听就拍着屁股站起来开始干活，说：“是他（那个过路人）让我们斩，不是我们自己要斩。”

4

也是在大叔那里，我得到了看树的另一个角度：树的内部。

据说木头分成“有格”和“无格”。有格的，树心颜色深至黑色，硬实，密度大，不会蛀虫，不会起木屑；无格则相反。所以做砧板的木头，要选有格的，比如合欢木、玉兰木、乌榄木。这些木头被称为“竹壳包”，一点碎屑都难有。

做木雕要用的多数是樟木，因为它有气味，能驱虫，还不容易变形。众所周知吾乡拜神之风甚炽，神像也多数用樟木雕塑，这样神的面貌才不易有移。以前村子里的水车也用樟木制作。

至于做家具，最好的是苦楝木。苦楝木不但硬实、防虫，木纹还美。苦楝木也叫“行军柴”，它有一点很神奇，即使外表是湿的，也能燃烧，所以野营时用它点火是极好的。龙眼木也适合做家具，有仿古气质，可代替红木。

至于家用小物品，那是橄榄木最好。比如舀水的瓢，放花瓶放鱼缸的台案，它柔韧度好，不易开裂。

木棉木可以用来制作陶瓷厂的模板，因为它松软吸水。杉木可做床、桌椅、屋梁楹柱，松柏主要是做定型板，杨梅木、芒果木、金凤木都是柔韧度全无、极脆的木质，几无用处只能用作燃料。

一般来说，不会斩果树，除非树已死了。斩果树就等于杀母鸡。

5

我的生活里，有两种特殊的树，都跟告别有关。

第一棵，是刚工作那几年，住的单身宿舍楼下，那棵大叶榕。

因为它的位置和茂盛的树冠，恰好准确地遮住了来路和去路。情侣分开的时候，总有一个站在宿舍楼的阳台上，等着另一个走到楼下时，就向他再挥一次手。走到树下的那人，也抬头向阳台上的那人再挥一次手，说“进去吧”，之后身影就会被树荫和路的角度一起挡住，走远了。两个人的分开不以一个人离开为节点，目送他离开仍是约会的组成部分。这树其实是一个界线，是一场约会真正告别的时刻，所以，这棵大叶榕，可以称为“分手树”。

大叶榕是南方非常常见的树，也叫黄桷树、黄葛树。往往高大茂密，作为行道树，它能提供完美的浓荫。还有一个迷人的特点是，每年三四月的时候，它会换叶子，一夜之间落下旧叶，新叶刚长出来的时候，嫩得近乎透明，色彩变化和形态变化，几乎以小时计。

在大叶榕换叶的季节里，看情侣们分手的情景，是很诗意的场景，尤其是以旁观者的眼光，以俯视的眼光。树桠稀疏了，正好给人留出影影绰绰的身影，地上的黄叶遍地，让人臆想踩上去有轻微的声响。就那样，在若有若无的踏叶声中，在疏枝掩映里，那人若隐若现地远去了。

大叶榕换叶子的速度，其实不会比邻居们换情侣的速度更快。年轻时我们深情吗？我不觉得。很浅的年纪，怎么能盛得了很深的情？没有这样的工夫和心境。那时候，也许一个人的到来，只是代表一种气氛，也会仅仅因为一种气氛而开始一段恋情。有时候我们舍弃了重要的情谊，也仅仅是因为气氛淡了。回忆中，隐约记得我的邻居KK、DD、小H等人站在阳台上，对着或疏或密的大叶榕若有所思。我隐约觉得，她们的背影也就是我的背影，不知她们是不是如我这样忘记了薄情或厚谊。

6

另一棵是凤凰木。这是岭南校园最有代表性的树，没有之一。

它开花的时候，就是每一年毕业的时节。它用狂欢的态度去表达离愁别绪。

凤凰树也叫金凤树、红花楹。据说它的原产地是马达加斯加，但它的样子，非常土产的感觉，真难相信有外国血统。首先，花色是带橙的红，不如正红色那么霸道，更不如它的堂兄弟蓝花楹，紫蓝色的花那么洋气。其次，它的叶子是羽状复叶，像已经落伍的稀疏刘海，远不如银杏、梧桐、乌桕、苦楝那些别致的叶型。再有，它开花时，叶子也一点不避让，似乎完全不懂得“红配绿丑得哭”的审美准则。

但是它开花确实猛啊！说句心里话，就算没觉得多漂亮，也被它不惜成本的气势给感动了。

凤凰花是与我们一起玩大的花。小学的校园里有，课间还玩凤凰花瓣，放在虎口打得啪啪作响。中学的校园里也有，树椏长得几乎要伸进教室里，上课发呆，望向窗外呆滞的眼光，也正好被凤凰树承接住。大学的校园里依然有，这时候早就审美疲劳，习惯得像家人，但六月拍毕业照的时候，一定会在凤凰树下拍一张，心里仍然认可它是校园生活的标配。

经常梦见毕业前那几天，宿舍里一片凌乱，舍友的床空荡荡，地板上有几张废报纸或者空塑料袋，可能是谁包装行李剩下来的。桌面上丢着一两本来不及扔掉的教材。阳台上丢着用了四年的水桶和水瓶。

我前面还说我们年轻时都非常薄情，但离开大学宿舍那个情景，是非常真切的伤感。大概是因为那四年实在太快乐，截断了之前和之后，是一个小型的遁世，快乐得让人以为可以更久更久。

那一场分别是有里程碑式的意义的，一种从未有过的生活开始，学生身份的剥离，事实上，可能也是某种无忧诗意的剥离。不要耻于承认这一点，在你对凤凰树的怀念里面，自然就有这一点。

7

在老掉之前，真希望能有一棵自己的树。

我在吾乡乡下种过。但欠缺侍奉和索求，想必等我与它相认时，也是绕树三匝无枝可依。

遇过的树都是萍水相逢。我自以为看过很多树的表情。除了那些美好的金急雨、白杨树，也看过一些非常规的美。

比如有一次路过一棵树，它的叶子和枝的连接处特别柔软，叶子又很轻薄，都是下垂着的，很轻的风，就能吹得它们抖动不停，那种小幅度高频率的抖动看起来很轻佻，似乎又有一种幽默。

是的，一棵幽默的树。我对它印象很深，但它就像我遇到的千万棵树一样，也飞快地掠过我。

我还看过一棵很激烈的树，歪冠斜躯，枝叶披散仿佛胡子拉碴。不知道它身上曾经经历过怎么样的一场生活？那么颓那么丧。并不是所有的树都给你正能量。

我想种的树，也不是一棵只有正能量的树，它也不会是一个只提供美的存在。

在一本叫《怎样观察一棵树》的书里，作者写道：即使公交车不守时，但只要知道鹅掌楸会守时，还是值得欣慰的。树木保持着惊人的一贯性。

——她说得真对。

听过

1

村子里的老式房屋，是瓦片做的屋顶，新修的那些却自甘堕落，屋顶都由两块铁皮中间夹着一大片泡沫。这是为了省钱，听说也能够隔热，但有个大问题，我不能忍。

那天晚上我刚抵达这个村子，洗漱完毕正要入睡。就在醒和睡的夹缝里，头顶正上方一声锐响，有物体砸落屋顶。我从夹缝里被拉出来，拔剑四顾，只隐隐听得一个小物体滚动而去的细屑声响，仿佛刺客正从屋顶用轻功逃窜。

我没追它，重新躺下，抱着对世界的乐观态度再次入睡。谁知世界报我以暴击，不久，正上方又传来一声锐响，比刚才那声更挑衅，坠落之物的力度和体积似乎更大。

这次我爬起来，延脖窗外，曲颈尽力望向夜空。一片漆黑，一片寂静，百思不得其解。房子里其他人都在沉睡，仿佛只有我一个人的听力是正常的。我总不好叫醒屋主相询。

这次我已经从乐观主义者变成怀疑主义者。果然，接下去整夜，重物坠落的锐响不定时地响起，那个“等待另一只鞋落下”的故事，在这里，变成了蜈蚣的鞋子，一个团的鞋子。

谁说乡村之夜是静美的呢?

天一亮，顶着一头鸡窝的我迫不及待地问屋主人，那个声音是什么?屋主人吃惊地反问，什么声音?

后来她沉思地说，该是屋后的龙眼树吧。难以置信，小小的龙眼掉在屋顶会有那样的锐响。但屋后确实有棵巨大的龙眼树，此时正是果季。如果不是闹鬼或者刺客，罪魁确实只能是它了。

加之南方的夏天，常有台风天，龙眼落得多，铁皮做的屋顶和夜的静，一起放大了这种声音。但村里人都习惯了，进入大音希声的境界。就像我在村里的路上，经常会吸着鼻子问，这是什么树的香气?他们都表示没闻到。

第二天晚上我果然也习惯了，慢慢地入睡了，还睡得很好。

我在微博上发了一条有奖竞猜："大家能不能猜得到，在粤东乡村，夜里被某种大自然的声音吵醒，间歇性响起，不定时，是什么声音？"有150多个回复，只有一个答对了。所以我的无知也并非世间罕见。

从其他人的回答里得知，在乡间夜晚，还有各种被吵醒的可能性。比如，蛀木虫的声音。就像有人在你耳朵边持续吃着薯片一样。听了之后我很庆幸我遇到的只是一个铁皮屋顶，要是再加一些木头梁子里的蛀木虫，那就是双重倒霉了。

至于蛙声蝉鸣那些，都是意料之中的，倒没什么好说。

2

有一天下午，我坐在村子里的一条小石头路旁边的树下刷手机。我很喜欢那条路，因为路上铺的是碎碎的小石头，是附近的一家人铺的，简直有点日本枯山水的味道，也极少有人经过这里，真是一个风水宝地。

用眼久了，便闭眼休息一下。四周是乡村特有的宁静。突然，我听到一阵非常轻微的声音，又轻又快的"唰唰唰"——不是风吹竹叶，风吹竹叶的声音高蹈一些，有"猎猎”之感；也不是细雨落池塘，雨落池塘，再小的声音也有共鸣，是连成一大片的、成规模的。

原来，是一只小狗，在那条铺着小碎石头的路上来回地走，它厚厚的肉狗掌摩挲路面的小碎石头，就发出了那种非常轻快的“唰唰”声。

真好听，让人心里毛茸茸的。更重要的是，这细微的声音，好像给我的耳朵开了光，我的耳朵仿佛瞬间有了明暗的对比，它突然听懂了此处的安静。

此处并非纯粹的安静。如果混沌一片地听着，会觉得一切本该如此，但如果是一双新鲜的耳朵，就能听出多层次多声部。

首先，蝉鸣，是一片不知疲倦的背景色，连绵一片又易被忽略，但它与蓝天是多么般配。

然后一些鸟的啼叫点缀其上，勾勒出纵深。

短促而干净的叫声，仿佛乐意发表意见，但又决不饶舌。那大概是长尾缝叶莺？

另一个更有底气的声音，明显它发表的意见更有分量，也更准确。那大概是黑脸噪鹛？

还有一个跟班……是红耳鹎？

群鸟的叫声与远远的群山唱和。而这时，低音部不可或缺。

那是蛙鸣。沼蛙的声音像狗叫，本来应该是刺耳的，但又融入了混沌的寂静，竟让人不觉突兀。还有弹琴蛙，叫起来是“哎哎哎，哎哎哎？”的发声，与悠扬的鸟声相比，像以大老粗为荣的文盲。

一阵“嘟嘟嘟”的声音，那是附近养的两只番鸭，它们在喝水，嘴巴碰触搪瓷碗底。

各种声音被分解的过程，让我想到电影《八月迷情》。小男孩埃文有双好耳朵，第一次走出孤儿院来到街上，第一次听到街声，街上各种车子的喇叭声、车轮摩擦声、刹车声、人们的交谈声……对他而言，组成了天然又有序的乐章。他能听到很多细节，仿佛把一场演奏会中的乐器，一件件识别出来。

又想到宫崎骏的电影《借物小人阿莉埃蒂》。借物小人几倍地小于人类，所以世界在她的听觉里，无数声音被放大，她能听到水流在水管里流动的缓急，能听到昆虫在叶子表面腾翅飞走时带动的空气气流。

那么我们到底错过了多少声音呢？作为一个用眼过度的资深近视者，我意识到自己对听觉的荒废。

3

但比大自然的声音更迷人的，还是街市巷陌中，人类的声音。

那天仍然在乡村——是一个离市区相对比较近的乡村——听到有人挑着担子来卖鱼。叫卖声从远及近、由近及远，几乎笼罩整个村子。那是一首自创的歌谣，歌谣的内容不外是把各种鱼的名称，按它们的发音顺口程度连缀起来而已。但他天生的好歌喉，加上韵律的科学搭配、鱼名的合理罗列，整个过程婉转高扬，气度不凡，

琢磨很久，知道他非这么唱不可。鱼名是顺势而为，元音必须恰好用在高音，高音才能把叫卖声往外扩散，如果都用平常说话的方式来发音，如何扩散？另外，在发音方法上他故意含糊了原来的发音，一来可能是省力（清晰发音太累），二来听者会努力分辨他唱的是什么，注意力不知不觉地被吸引了过去。

民间的才华。

想起来，有很多叫卖声都才华横溢。叫卖声一定是符合发音学和音律的，包括收破烂的——“旧电器旧报纸，旧电视旧摩托，旧书旧被，旧铜沤铁”，增一字则

多，减一字则少，每一字不可调动位置。像钱锺书所说，好的字有“黏”性，调动之后都不如原文贴切。

每一类叫卖声又有区别。卖鱼的，叫卖声悠扬远传，高处直入云霄，低处拖曳不去，戏曲一般，竹筐里的每一片鳍翅鳞光大概都是他的底气。收破烂的，则短促简洁如快板，如三句半，讲究的是直入耳膜，不容思索。这么说吧，卖者往往更有阔裕的气概，买方则是化繁为简的魄力。

但最为优雅的卖花声，吾生也晚，竟没听过。“卖花声过，人唱窗纱”、“枕上鸣鸠唤晓晴，绿杨门巷卖花声”、“数歇卖花声过耳，谁家斗草事关身”的情形，只在资料里看过。

也不是只有卖花声才诗意。几乎所有的市声都是诗意的。在某个时段，比如在老家，醒得很早很早的时候，天还没有亮透的时候，能听得到路口的小集市，猪肉铺老板率先排开案板。然后，有一大扇半只猪，沉重地甩在案板上，“砰”一声，意味一天开始。然后便是手之所触，肩之所倚，足之所履，膝之所踦，砉然响然，奏刀騞然，莫不中音，合于桑林之舞，乃中经首之会。

他旁边的早点摊，当然也没闲着。风炉烧起来，炉膛里“呼呼”越来越响，碗、碟、筷，各就各位叮当恳切，间插着这一切的，是摊主和卖猪肉的大声聊天，他们比邻工作已经多年。

这是平凡的一生中平凡的一天。

桔的吉利，柑的魔力

1

美国学者安德森在他的著作《中国食物》中说，水果在中国人的饮食中从未居于重要地位，第一它始终是昂贵的，其营养比蔬菜和其他食物相对要低，另一个原因是果树和坚果树回报期长且不确定。——但是，柑桔属水果特别是桔子，一定程度上还有枣，则广受栽培。

为什么柑桔属水果是一个例外？安德森先生接下去却若无其事地写起了别的话题，稻、粟、麦、豆，足足在26个页码之后，他才言简意赅地说出他的观察和结论："柑桔属的水果带有一种魔力与宗教味，可能是由现在华南的非汉民族加上的。柚、橘和中国柑桔一直是祭祀中最常见的水果。古怪的'佛手'［香橼（C.medica）的一个变形种类，从西域引进］常在寺庙中见到。柚皮或柚叶浸泡的水常用于驱除妖魔鬼怪。在中国新年时，小柑桔树可以在民宅里找到……‘桔’即‘吉利’的意思。”

这位美国学者可以说对吾国的谐音文化体会非常深刻了，如果他吃过中国尤其是南方中国的年夜饭，他就可以进一步举例说明：中国人的年夜饭桌上我们常常看到，发菜被广泛使用因为象征“发财”，芹菜和蒜炒成一碟象征着“能勤会算”（大概是发财的技术根据），而婚礼上或者恋爱过程中，伴侣之间要尽量避免分吃同一个梨子……

关于桔子被用于喻意“吉利”的做法，它的亲属种类均有沾光，吾乡人深懂模糊的艺术，柑被视为体积更大的桔，以身作则地象征了“大吉大利”。

2

桔子还好些，柑却不入画。潮州柑尤甚，个大，结实，规整，完善，喜庆，一身正气，比苹果还正派。

现在市面上有种江西柑叫“丑柑”，外皮丑，内瓤却格外甜。人家本来名字很好听，叫“春见”，商家偏给它改名“丑柑”。这名字改得有点像标题党风格，仿佛有个副标题在说“内文有惊喜”。但其实，丑柑也比潮州柑入画。

味道上这两位倒是接近，都是很光明的甜。但作为一个潮州人，我不会认为柑在“最爱吃的水果”里排名前五。从小到大见得太多，还见到无数它的衍生物比如柑饼、咸金桔、陈皮，看熟不知惊，有几个人会说最爱吃的水果是苹果或梨子呢？

它确实在潮州的民俗文化上担当大任。

每年春节，到别人家拜年，总要携带着两个柑（称为“一对大桔”）。主人家要拿出另外两个柑来交换，宾主交换过程嘴里还说着“诸事合想”“同同、同同”之类的话，意思是大家一样平安。

这场景也是“看熟不知惊”。但如果处于安德森的位置，我也许别有感触：这个礼俗是人世间特别温馨的发明；看似毫无意义的交换和流通，何尝不是同甘共苦相亲相爱的安慰。

柑除了出现在拜年者的手中、家里开门即可见处，还出现在拜神祭祖的坛上。

春节要拜的神仙是多位的。一份祭品只能供奉一位神仙，不能重复使用——你不能让下一个神仙吃上一个神仙的残羹冷炙。有多少位神仙，就要准备多少份祭品，这全套祭拜流程，是需要运用到各种综合能力的，涉及计算、统筹、记忆，当然还有耐心。

在乡村拜神要到村里的“老爷宫”去。人们要先在家里把祭品准备好，用担子挑着去。所以，春节前几天，村道上常见挑担子的人们来回穿梭，担子两头，就是颤巍巍的卤鹅、粿、香烛和“大桔”。

一个春节，一个普通潮州家庭需要购买的柑数量是二十斤左右，这是我这个春节亲手置办家中柑业之后得出的数据。

3

古代的农事书多说得简洁，跟柑有关的翻来覆去就那么几句，比较特别的是嵇含《南方草木状》里提到的：“交趾人以席囊贮蚁，鬻于市者，其窠如薄絮，囊皆连枝叶，蚁在其中，并窠而卖。蚁赤黄色，大于常蚁。南方柑树若无此蚁，则其实皆为群蠹所伤，无复一完者矣。”

说的是“交趾人”——也就包括吾乡人了——一件风光往事。这里说的蚁是“黄猄蚁”，也叫黄柑蚁，擅长捕食各种昆虫，晋代的交趾人就利用它防治柑桔的害虫。

每年春节，到别人家拜年，总要携带着两个柑（称为“一对大桔”）。

这事当然很风光，因为是世界上最早的以虫治虫生物防治技术先例。

潮州乡村的柑农说，目前仍有好几种蚁种会咬死果树害虫，但其中有没有包括黄猄蚁，黄猄蚁到底是哪一种，就不可考了。

现在对柑园来说，虫害不是首害。柑农们坐一起喝茶时，总是谈虎色变地说到一种叫“黄龙”的柑树病毒——“就像柑树的癌”，他们如此形容。

患上黄龙的柑树无法挽救——是毁灭性病害，目前尚无有效的给药方法；还有传染性——柑农为了避免传染，丰收时请人帮忙剪果实也不敢怠慢，必须用自家的剪刀。

他们会说到，哪个村子哪一大片柑园，去年得了黄龙，现在全砍掉了，那个村子现在不种柑了。语气里甚为同情，让人脑补那个村子里的柑农被黄龙伤透了心之后，对着满园疮痍发誓永远不再染指柑橘作物的场景——仿佛一个在情场上受伤太深的人决心不再染指女色——因为柑的前期培养资本是特别大的，要种两三年才开始投产，差不多一棵柑树投资一百多块钱才开始挂果。一染黄龙百事休，焉能不怕。

除了黄龙，柑农们还有一个天敌：野猪。

在潮州一些比较靠山的乡村仍有野猪出没，会在夜里偷袭柑园。令人惊诧的是它们吃柑的习惯，它们居然会剥皮！不知道是怎么做到的，到底用嘴还是用手，如果它们有手的话。

总之第二天，柑农常能在柑园地上，无奈、气愤但又带有几分佩服地，发现被野猪吃得干干净净的柑皮。

也有勇敢的柑农，在深夜带着鞭炮到半山坡去放。一般是用烟雾比较浓烈的鞭炮类型（我猜是二踢脚之类的），除了响声能吓退野猪，硝烟味也能顶一点用，至于能顶多久的用就不得而知了。

4

安德森所说的“柑桔属的水果带有一种魔力与宗教味”，除了体现在它们于祭祀过程担负重任之外，还体现在让柑农闻风丧胆的黄龙、让柑农百思不解的野猪剥柑法。然而最具神秘性的柑桔属水果，是佛手。

某年的中秋节前后，我在潮州凤凰山里玩——对，就是著名的凤凰单枞的出产地凤凰山——在一个叫石古坪的村子住了一夜。那是个畲族聚居村，村里有个畲族文化馆，馆里有个看馆人，是个姓蓝的老人。这个村子僻静，因为地势不高，在产茶上也就欠缺优势；然而尽管地势不高，毕竟也在山里，来路上要经过不少锐角式转弯，所以访客不多。总之这么说吧，村子没啥说的，我要说的是这个姓蓝的老人。

老人曾经是个“师公”，就是办“红白两事”（即喜事和丧事）的主持法师，这个职业是祖传的，他的父亲和祖父，据他说，都有通灵的本事。

那天晚上老人拿了一些做法事“请神”的经书给我看。师公们一念这些经文，相应的神就应召而来，但也不是谁念都可以，通灵的人等于是神仙认识的人，他们除了这经书之外，也许还有别的暗号。

我一看这些经文就乐了。手写的毛笔书法相当漂亮，纸张在多年的工作过程中严重破损，封面写着它们的名称，分别是好多神经：井神经、龙神经、司命土地、造酒仙歌、光灯谢土、国王经、众神经……

我装模作样地翻来翻去，哪里能看懂。

只觉得这个夜晚十分神秘。

老人手里拿着一个嫩黄色的水果，一边聊天一边把玩，把它看似很粗硬的表皮掰出非常微小的弯曲，一股极沁人的清香时不时地、不可掌握地动荡在空气里。

“佛手哩。”

一说名字，如雷贯耳。我见过它的中老年，浓黑色的腌制食物，仿佛嫁人又生了一堆子女之后的它。谁曾想它的豆蔻时代竟是这样的颜色，谁知道我们吃的那种黑色佛手经历了一些什么？

老人告诉我，树上还有好几个。他往窗外的浓黑一指，我当然什么也没看到。只是经他这一指点，空气中的香气确实变得浓郁，漆黑中，香气像一道微弱的光破壁而来。

真想知道是哪一个神创造了它，以及创造了我们的相遇。

带雨的韭，承露的薤

那天阿姨买了一把葱模样的东西回来，考我：这是什么？我心想，要么是葱，要么是蒜，要么是韭菜，但倘若答案如此简单，必然不值一考。只好含笑不语，望向阿姨，让她把提问变成设问。她说，这是藠头，吾乡称为“力茄”。

力茄我是吃过的，吾乡喜欢把它做成类似甜蒜之类的小吃，也就是说，仅吃它的头部，鳞茎部位。所以我也只见过它的头部。带叶的是第一次见，果然跟蒜有几分像，难怪吾乡乡谚说“吃力茄吐蒜”。

其实它还有一个名字叫“薤”，汉代的挽歌：“薤上露，何易晞。露晞明朝更复落，人死一去何时归。”“薤露行”成为乐府曲调名，被广为人知是因为曹操父子都写过。

这几年来念力大长，想看啥果然能看啥。才在厨房里见过带叶的薤，很快又在乡下看到了地里生长的薤。看到地里的薤，才知道为什么薤上露会让人悲伤。薤在地里的模样，真是一副放弃的姿态：东倒西歪，乱七八糟，全部脸朝地趴泥上。有的农民用芒箕勉强让它们稍立起来。薤啊，真是一种颓废的农作物，跟韭菜的整齐和葱蒜的挺拔完全不能比拟。

仔细看它的叶子，跟葱蒜韭等等，也确是不同。葱是圆柱形，蒜和韭菜都扁而宽，而藠头的叶子，却是扁而窄。如此瘦长的叶子，确难挂得住露珠，难怪说薤上的露水“何易晞”。然而我想，薤上露之所以会被用以作喻，还是因为薤在地里“彻底放撇了”的气质。心情不好的时候，看了都有厌世之感，况露水乎？

关于薤，出现在诗句里，并不只是《薤露行》这一类哀歌。它在诗歌里有另一种面貌，家常，温馨，甚至欢乐。很巧很巧的是，那些诗歌，写的多数是邻里关系。

唐诗里写邻里友好的并不少，杜甫就对邻里关系情有独钟。这一首，他写到了邻居送来的薤：

隐者柴门内，畦蔬绕舍秋。
盈筐承露薤，不待致书求。
束比青刍色，圆齐玉箸头。
衰年关鬲冷，味暖并无忧。

记得杜甫总在诗歌里写邻居送他各种物资，一会儿是什么树苗了，一会儿是什么瓷碗了，感觉杜甫的所有邻居都对他有极大的善意，同时，又对他的生活能力和经济能力以及身体状况极大地不放心，并都以这不放心和这善意，在齐心协力地为中国文学保留火种。

这一次，邻居送来的是薤。满满一筐，还带着露水，叶子是绿色的，而可食用的鳞茎部位却洁白如玉箸。显然，这位体贴的邻居在送来食物之前，必定还细心地洗去了泥土。

另外一首写到薤的唐诗，也有极亲切的邻里关系：

> 僻巷邻家少，茅檐喜并居。
> 蒸梨常共灶，浇薤亦同渠。
> 传屐朝寻药，分灯夜读书。
> 虽然在城市，还得似樵渔。

这一首作者是于鹄。只有乡村生活经验丰富的人，才能读出这首诗里的难得之处，“蒸梨常共灶”并不难，“浇薤亦同渠”可是很多争吵的起源，然而他们，始终能够“喜并居”，可见这是经得起考验的阶级情谊。而我注意到的是后面两句，朝寻药和夜读书，这说明，不仅是身体和物质，他们的精神世界也能互相滋养，这样的邻居，算是至交了。

贯休则描摹了邻居一个老头：

常思东溪庞眉翁，是非不解两颊红。
桔槔打水声嘎嘎，紫芋白薤肥濛濛。
鸥鸭静游深竹里，儿孙多在好花中。
千门万户皆车马，谁爱如斯太古风。

“是非不解两颊红”已让人钦羡，“千门万户皆车马”则可谓豪情。而我想象紫色的芋和白色的薤，在这里，仿佛是老翁丰裕的精神状态的具象。

是因为薤的样子和韭太像，所以，说完了薤，也想说一说与韭菜有关的句子和故事。这两者在《黄帝内经》里，并称为五菜之一。“五谷五菜”的五菜：葵，韭，藿，薤，葱。

写到韭菜的诗浩如烟海，最为感怀的是那首《赠卫八处士》。在微信时代，我们很少有“人生不相见，动如参与商”的机会了，但好几年一次的同学会，也常常用得上这样的感慨：少壮能几时，鬓发各已苍。昔别君未婚，儿女忽成行。

然而杜甫这首诗，最让人动容的，并不仅仅是久别重逢的温暖。

二十年前，我参加过一次人类学系的短期活动，把吾乡乡下某村庄作为田野考察点，住了一个月。那时我还是个学生。毕业后卷入恋爱结婚生子以及家母病故的人生洪流，匆促不问前尘。前年春天，突然想到那个村子，莫名地想再去一次，尽管也没想明白，去了要干什么。

总之就去了。仍住当年寄住的大叔大婶家，故人相见，倒也说不上多激动，只是反复地确认着，村子里哪一个老人哪一年去世了，真的果然是“访旧半为鬼”了。

那也是晚上，大婶在地里摘了芹菜，煮了两碗粥。吾乡有吃夜粥的习惯，在待客之道里，一碗夜粥，也象征着柔情的体贴。

> 夜雨剪春韭，新炊间黄粱。
> 主称会面难，一举累十觞。
> 十觞亦不醉，感子故意长。

我住了两个礼拜，尽管无所事事也不想太快离开，因为感到了浩大的依恋。一般而言，乡村的发展比城里大概慢了十年，所以在村子里，保留了很多我童年的记忆。村子里的女人们忙碌的很多日常事务，就是多年以前，我祖母和母亲每天的生活内容。

这些是在城里很少见到的情景和气氛。吾乡那些奇妙的风物，在日新月异的城市生活中被淘汰、被更换；那些落伍的风俗被简化，热闹而亲密的大家族生活被分解。在城里，已经很难体会到儿时有序而繁茂的生活细节，而在乡村，它们，重现了。

所以，在夜晚，当主人用一碗夜粥招待我，虽然不是春韭，但粥的蒸气与当年杜甫那碗黄粱的蒸气，大概是同一种蒸气。浮现在我眼前的，是几十年如幻影般的前尘往事。在《赠卫八处士》中，杜甫感怀的是“明日隔山岳，世事两茫茫”，他们处于“会面难”的古代，而我在通讯发达的现代，也感到了同一种离散，尘世间无所不在的离散。

时光洪流下谁都逃不过的离散。

这样的两个夜晚是相似的，为这样的夜晚，我也写下我的诗句，这就是我全力以赴的人间：

这些年来少有过的温馨夜晚，
邻居过来诉说猪圈的修缮
及其暧昧的所有权。
她们从猪圈讲到柑树虫害
再讲到政策的不公
最后落实到对命运的安顺，
她们迟迟不愿离席，
这流连让我满喉泪意。
我知道我以前的时光多是虚度。
可是这样的时刻我拿它何用？
在我心里巨大的爱，
像骆驼穿过了针眼。